苏娟 著

做自己的女神

江苏凤凰文艺出版社

JIANGSU PHOENIX LITERATURE AND
ART PUBLISHING, LTD

图书在版编目（CIP）数据

做自己的女神/苏娟著. —南京：江苏凤凰文艺出版社，
2018.2

ISBN 978-7-5594-0950-8

Ⅰ.①做… Ⅱ.①苏… Ⅲ.①散文集－中国－当代
Ⅳ.①I267

中国版本图书馆CIP数据核字（2017）第189587号

书　　　名　**做自己的女神**

作　　　者　苏　娟

出 版 统 筹　黄小初　侯　开

选 题 策 划　杨　颖　张　立

责 任 编 辑　姚　丽

装 帧 设 计　仙境设计

责 任 监 制　刘　巍　江伟明

出 版 发 行　江苏凤凰文艺出版社

出版社地址　南京市中央路165号，邮编：210009

出版社网址　http://www.jswenyi.com

印　　　刷　三河市南阳印刷有限公司

开　　　本　880毫米×1230毫米　1/32

字　　　数　110千字

印　　　张　7.5

版　　　次　2018年2月第1版，2018年2月第1次印刷

标 准 书 号　ISBN 978-7-5594-0950-8

定　　　价　38.00元

影视版权抢订热线　　　13911704013

江苏凤凰文艺版图书凡印刷、装订错误可随时向承印厂调换

自从做过那个轰动海内外的《中国姑娘的性与爱》的社会大调查，很多时候，我都会成为读者及身边人的"树洞"。

或许是在酒后冬夜，一起回家的路途中，一段不敢为外人道的"隐私"需要找人诉说。

或许是在凌晨1点，遥远的成都，创业又怀孕的读者"妖婆"，打来电话，寻求理解与共鸣。创业的女生有太多不一样的心路历程。"她总（我的笔名），你可以把我的故事分享出来，激励更多人。"她出身卑微，相貌平平，却靠不灭的勇气和对爱的主动追求，爱情和事业双丰收。

还有那些主动扑倒男神，控制不住内心喜悦，给我写信的读者。她们想要将主动掌握幸福的喜悦和经验，分享给更多女性。

"有欲望，敢追求，能得到，做自己的女神。"这些新生代女性，用蓬勃的朝气在践行着我所创办的《她生活》的价值观，践行得比我彻底，比我成功。我成为她们的读者和听众。我将她们的故事汇集成书，将这些真实的人生经历，分享给更多需要得到希望与力量的人。

当然，不尽都是喜悦。作为女性，在自我成长并寻求真爱的过程中，我们都曾历经坎坷，甚至肝肠寸断，以为失去了一个人，就失去了一生幸福的可能。爱过、恨过，不愿放下和忘记。爱情是男人生命中的一部分，却有可能是一个女人的全部。爱是女人的软肋，也是女人最为强大的能量，我们在爱中经历破碎，而后成长。

每个人活色生香的，或者沉甸甸的，真实的人生经历像是一个个水晶球，闪烁着独特的光辉，在我脑海中挥之不去。带着时代特有的光晕，也充斥着时代特有的迷惘与失落。这是一个性与爱都更为直接奔放，又更为隐匿浑浊的时代，但只要女人的灵魂不灭，就是真爱最为执着的挖掘者和传承者。

20年前，中国女记者安顿采访记录中国人情感实录，留下了一本经典著作《绝对隐私》，那是国人第一次将自己的心扉向世人打开。20年后，我借由女性新媒体《她生活》，似乎轻易就得到了这些真实讲述，何其荣幸，也深感责任。

这个时代，不乏声音，不乏表演，不乏各种欲望的出口，但真实的内心反而被封锁得愈来愈深，孤独也愈来愈深。每个人似乎都需要一个出口，将深藏心底的爱恨诉说宣泄出来，却不知道是否被信任接纳，是否安全。

所以，我特别感激这些愿意向我讲述的姑娘们，感激你们愿意让我发表你们的真实人生，一句虚构也没有。在这个鸡汤盛行、幻象万千的时代，我们不放大伤悲，也不粉饰太平，而是坚持寻找真实。

这种真实，是脱离了表象的自由，勇敢的人才可以拥有。想要得到它，要到最黑暗的地方去寻找，正视自己沧海一粟的平凡、匮乏，破碎的心。最大的恐惧来自于我们的心。

但唯有真实地面对自己，触碰一个时代的真实心灵，我们才有可能丛生真实的智慧，并在历史的长河中，作为一个个生命体的存在，留下萤火般微暗却又璀璨的光辉。

那一瞬，又一瞬，汇成爱与希望的海洋。

苏娟

第二章　月亮女神：忘记所有，只求内心的平静

第三章　成长伤痕：我们曾相爱，想到就心酸

第四章　她们说：你配得上这世间的所有美好

太阳女神：
——热烈生长，肆意自由，潇洒一生

第一章

讲述者：苏娟

1.接纳自己，成为自己，有多重要

— 1 —

认识一个无辣不欢的四川姑娘，自称"腹黑小妖女"。

怎么说呢，如果我们同时出现在一个饭局上，80%的男士会优先要我的联系方式。因为小妖女口无遮拦，快人快语，目的明确，损人还是夸人，拿下谁做潜在客户，半点不隐藏。

她穿低胸装，超短裙，戴美瞳。一顿饭下来，让谁帮她递水杯，管你熟悉不熟悉，她总是随口分配。抢了谁的烤串生蚝，自顾自猛吃起来，她根本不顾形象。

"喂，你行不行？"

我在一旁为她着急。她刚刚抽完大腿脂肪一个月。

"哈哈哈，怕什么？我胖，我丑，我开心，我还不是照样泡小鲜肉！"

是的，她不爱大叔，爱颜值好、有艺术细胞、性功能卓越、谈吐洋气的小鲜肉。

"苍老的肉体，钱再多，有什么用！"

她主动撩鲜肉，要睡谁，单刀直入万无一失；要考虑和谁恋爱，就每天念首情诗道晚安，两年都不碰人家肉体。

她自己赚钱，做装修装饰公司，搞得轰轰烈烈，像个女土匪，还参股了七七八八一些朋友的瑜伽馆。

她生于1989年，已经顺利离过一次婚。

如果有人说她整过容，她会直接告诉你："是啊，我是的！"

以上描述，和一个中国一流大学的特招工科女万万联系不起来。

你也不会想到，一个遭遇前夫家暴流产的小女生，活得还如此恣意昂然，一点丧气都没有。

— 2 —

"反正我俩对打，打不过他。一激动，孩子就没啦。他哭了三天……为了和这个变态凤凰男离婚，我净身出户！"

她半点不隐藏，让许多人初见难以服下这枚张牙舞爪的小辣椒。比如我，见完第一次，就像吃了芥末一样感觉够呛，如果不是她太热情，生生攻下了我的"高傲自持"，完全没有机会爱上她。

"反正呢，我这种人'有毒'，我知道很多人会不喜欢我，但我在意的人，最后都很爱我，其他人who care？"

"而且我想做的事情，都做成了啊；想搞定的人，也都搞定了。"

她不活在世俗的框架当中，是一只腾云驾雾的女妖怪。深入接触，你会发现，她说到做到，不占人便宜，合作起来脑子相当理性清醒。

"我现在没有爱上什么人，所以有好多约会对象，花心得很。但我一旦爱上谁，就真的不会出轨。"

不论未来是否真能做到，这样把自己全然袒露在众人面前，不端不装，需要多么强大的内心啊。

至少我做不到。我会彬彬有礼地对一个饭桌上对我奇谈怪论的人微笑，而不当场戳穿他的无知。

"你涵养也太好了吧！"小妖女想跳起来"灭"他。

天秤座的人总是怕伤害他人。于我而言，更是怕麻烦，懒得和这类人理论。

但是站在天秤的另一端，简单粗暴的小妖女是我十分喜爱的一种人设。遵从自己的出厂设置，半点不内耗。另一方面，她爱我、护我，能在我跟前不谙世事、乖巧如猫。大概是因为我是她对面的一种人设，温和、纯净、清高。但内在，我们都一样叛逆。

"你是白玫瑰，我是黑玫瑰！我们黑白双煞通吃，哈哈哈！"她有时这样说。

"不对，你是白素贞，我是小青，法海他不懂爱，哈哈哈！"

"哎呀，我发现你真是一块天然好绿茶，可惜不婊，太可惜了！"

我觉得她说得对。

这是我和小妖女的故事。尽管都眺望对方，但我们都不必做对方。这个道理，我花了很多很多年才明白。之前，我总是担惊受怕。

— 3 —

做IT记者时，我压抑我的小文艺，怕业界说我不专业。尽管我的报道多次获全国性大奖，不见我本人，诸多所谓的业内人士常常以我的论断做商业决策。

在互联网公司带团队，我藏起自己温情细腻的一面，强势坚硬只问结果，担心不和老板保持一致，要被拿下。

后来做《她生活》，我成为女boss，在风口浪尖时，一举一动都在众目睽睽之下，要收住创业过程中的艰难困苦，做"她蜜"的生活榜样。

其实，以上侧面都是真实的我，只是因为怕失去一些什么，而隐藏了另一些真我。

不合时宜的一切，也许不被一部分人喜爱，却因此会失去重要的人的深爱。

也许和你一样，我们的童年都是不被全然接纳过的小孩。

忘掉过去，重新活回自己是今年。就是这样的我，有时会想不清楚《她生活》做怎样的文章，是否会有人爱看，于是就问问读者；觉得自己也不再事事如有神助，就甘心贴地飞行，高低错落。我变得真正柔软和谦逊了。

也许打了鸡血讲自己的成功故事，更容易让读者追随，觉得励志。但是把人生拆开来，谁不是千疮百孔，每个人经历的恐惧和无助是一样的。成功只是一种思维方式，而且是阶段性的；也是一种过程，不是最终结果。

因为所有成功者都将最终走向衰败，这是宿命，就像死亡是出生的宿命。

见过国际国内太多"日不落帝国"的陨落，只是有人选择不断前行。

普通人按照内心意愿过好自己的人生，不比上市一家公司容易。谁也不必盲从谁。唯有真实，尚能丛生智慧。

记得去年年终，和一名朋友在三里屯吃晚饭、喝红酒，间隙我去露台上换了一口气。望着北京川流不息的茫茫人海，瞬间许下心愿，自今日起，我不再为任何不喜欢我的人查缺补漏、欲盖弥彰，我要让自己在宇宙中渺茫的这一世生命按照真实自然的样子呈现。

我要成为真正的自己。

相信能量守恒。只关心自己想要的一切，就不应该在意那些本来无关紧要的东西。

专注，更容易得到。

讲述者：陈筱娇

2.从女武替到霸道女总裁，我的十年妖孽青春路

我是陈筱娇，90后东北妞，性格风风火火，江湖人称娇姐。和你们很多人的职业生涯不同，我是个武术替身（传说中的武替）。

都说娱乐圈是复杂的江湖，既没干爹，又没有被潜规则的我，如何一步步成为今天的霸道女总裁？

我只想告诉你，**女人会随境遇转变，各方面逐步成为神。**

— 1 —
自小习武，冰碴子里翻跟头的青春

小时候的我长得"很女孩"，但活得"很男孩"。爬树下河、翻跟头捣蛋，干的事都是在冰天雪地里野和浪。

我6岁就被送进少年宫，开始习武。

十年时间里，穿着单衣在雪地里压腿、对打，骨折三次，被刀枪

剑戟戳的小伤更是不计其数。最严重的一次，我在侧空翻时头先触地，鲜血哗哗流的脑袋，吓傻了整个少年宫的人。

虽然经常疼得像穿越了三生三世，但这十年的经历，给了我VIP版超强意志力，还有乐观如烈阳、又敢又能的鲜明特质。

16岁，我考进北京一家培养武术替身的学校，以此为契机，进了《最后的王爷》剧组。

这是冯远征、徐帆演的老片子，我是武术替身，还演了徐帆的丫鬟。

2006年，真人明星对于我来说简直是高不可攀，跟他们一起演戏，我整个人都是愣愣的，上茶后竟然忘记退后，挡在镜头前，把两位演员都盯毛了，还冒出句："徐帆老师，你真好看。"

现在想来，跳戏又迷糊的丫鬟，能站到大结局，真是剧组太仁慈了。

后来我给范冰冰、余男都做过替身，当别家姑娘还纠结"这道题我不会呀"的时候，我已经月薪过万了，相当于北京的金领收入。那年，我17岁。

— 2 —

人生到底能有多疼

但人生往往有让人接不住的跌宕起伏。17岁的我在北京展开了新的人生，18岁又让我尝到了人生第一次灾难性痛苦。

老家突然来电，母亲胰腺癌晚期。

冲到医院里，我看见往日雷厉风行的母亲缩在病床上，只有70斤，像个满脸皱纹的婴儿，脆弱至极。她还不知道自己的病情，微笑着拉我的手问寒问暖。

你知道那种感受吗？你的亲人，你亲爱的、可爱的、慈祥的母亲，突然像个病入膏肓的、你从来不认识的陌生人。

在北京攒的钱不多，便取出银行卡所有的积蓄，我要救治我的母亲。

也许一切都被老天写入了生死簿，在ICU病房里抢救一个多月后，母亲终究是走了。

我第一次体会到，什么是人生真正的疼。

因病欠下数十万的债，我捧着父亲的脸，说以后我就是你的老儿子，只要我在，一定让你活得好。

我用尽我所有的细腻，在生活上尽可能多地关照他，有时给他买一些进口生活用品，怕他不认识英文，不会用，我就写下来寄给他。

习武的"女汉子"也是女人，我们内心一样脆弱细腻。只是在我需要被呵护的年龄，却要去呵护我的家人。

母亲去世后，是我精神意志、人格格局的快速成长期。

跟着剧组全国各地跑，工资大部分用来还债，困窘时在地铁里悄悄流泪，但我相信烈日总能穿破阴霾。

整整三年，我才还清债务。

我开始思考，我到底想干什么，能干什么？到60岁，我还能打吗？

冥冥中心底有个强烈的声音，我要弃武从文，进制片组，做个决策者。

剧组每个部门都很重要，但制片组是权力核心部门，那里有更广阔的空间。

"不甘平庸"这四个字支撑我走得更远，两年内升两级，从场记变成统筹。

而成功转型的关键，在于我锲而不舍的毛遂自荐、踏实努力。**我特别愿意对世界喊出：我敢，我能。**

统筹是全组拍摄计划的制订者，沟通、眼界上升得不止一个层次。

《妻子的秘密》主演是刘恺威、赵丽颖，作为副统筹，我从中收获太多。

在剧组经常会有抓头发想撞墙的突发事件，或大或小每天都会上演，挑战你整个人的承受极限。最难的时候，我白天人前是烈阳，夜里人后是月食；白天解决问题，晚上江边撸串大哭。

有的人是拿时间换酬劳，混日子。而我不一样，我是拿时间换未来。

干一行，爱一行。此时，影视对于我，不仅是份工作，更是一种早已扎根于心的热爱和信仰。

— 3 —
广结善缘，自立门户

入行这些年，我认真对待每一次工作机会。小到灯光布景，大到明星大咖，我给大家都留下了不错的印象。

经历半年多奔波努力，我开始组建起自己的团队，还遇见了伯乐boss。

boss是80后编剧型制片人，极其睿智又给足下属空间，让我有机会将自身强韧的性格发挥到极致。人生第一个里程碑是参与了网剧

《我不是妖怪》，播放量超过了3.2亿次。

此后，我升级为制片主任。《迷镜之都市奇谭记》是我做过的最用心的悬疑剧。

从统筹、制片主任到副总，应该四五十岁才胜任的工作，给了我这个90后，非议自然是有的，大家以为要么是睡出来的，要么是金主的亲戚。

但我都不是。**我靠的是吃苦耐劳和坚韧。**

在这个浮躁的行业混久了，也难免有各种愤世嫉俗和负面情绪，我就抄名人语录来安慰自己。

— 4 —
奋斗型女汉子的爱情，比你们想象中美

现在很多姑娘问我：

"你这么拼，能嫁得出去吗？"

"你这么优秀，能有男人hold得住你吗？"

照我说，那些认为自己独立、优秀，就成为剩女的女人，多半是作出来的，或者你根本不够优秀。

我和我的另一半，是大学同学。十年里，我们共同进步，互相提携，从来没出现过你们认为的那些"跟不上、hold不住"的问题。

尽管我们也争吵、"打架"，一直是互怼互损模式，但这就是我们独特的语言体系。看过演艺圈太多人的分分合合，我更加珍惜我们这对简单质朴的小夫妻关系。

我会买件限量衬衫，亲手绣个贝壳，感谢他如贝壳般保护我，但仍然狂飙东北话损他。

山本耀司说，"自己"这个东西是看不见的，撞上一些别的什么，反弹回来，才了解"自己"。所以，跟很强的东西、可怕的东西、水准很高的东西相碰撞，然后才知道"自己"是什么，这才是自我。

爱情、事业，皆是如此。一个女武替，历经刀光剑影，做明星身后危险的影子，看见过太多人的脸色和沉浮起落，仿佛经历了同龄人几倍的人生。

我的前行，依然简单、坚定，在复杂的人世中活成自己的烈日。

讲述者：米薇

3.从恨嫁女到淡定女的猎夫奇遇

我是米薇，今年29岁，单身。

如果说二十五六岁时还不紧不慢，幻想着未来的"他"，28岁的我陡增了几倍的焦虑。

30岁像是单身女性的急急如律令，越接近越阴魂不散，时常跳出来拷问大好生活，让我质疑人生。

为了早日脱单，在一众闺密不可思议的惊讶中，我开始一根筋地实施办公室猎夫计划。

— 1 —

28岁，一心恨嫁

刚开始，我觉得28岁单身并没什么不妥。可我的心脏不够强大，终是熬不过人眼灼心的大环境：同龄的朋友基本都嫁了，好几个还在待产中，父母三番五次来电念叨，同事或好奇或好事地打听……

这一年，我的心情无比焦躁，除了工作时累成狗，一休息就开始思考婚姻大事，恨嫁之心比以往都强烈。

我开始留意各种相亲信息，相信这事和工作一样，只要付出就一定有成果。我开始周末起大早去参加月坛公园的相亲大会，还花大笔会费注册成为世纪佳缘的VIP，像拣选最佳市场方案一样在邮箱里拣选男人。

有一阵子，相亲相到想吐，一天赶四五个约会都快成脸盲了。男人和奇葩都见了不少，可就是没互相看对眼的。

更让我心焦的是看到一组数据，说京、沪、广、深等一线城市，剩女数量节节攀升！想到还有那么多的竞争者，我焦虑到甚至开始失眠。

— 2 —
灵机一动，以为找到猎夫捷径

一次参加女友的婚礼，问起两人的相识经过，她有点不好意思地说："我和他是同事，在工作中常有往来，属于日久生情。"

朋友在一家IT公司上班，她告诉我，那里还有许多一心忙工作没时间谈恋爱的钻石王老五："他们很多都有公司期权，等公司一上市，转眼就成千万富翁了。"

参加完婚礼回家的路上，我一直在琢磨刚得来的"情报"。

我问自己，28岁还没男朋友，是不是因为自己太顾着工作了，交际圈子狭窄到家—单位—家的两点一线，而且单位里尽是女员工，哪还有其他渠道认识男人？

可时间是有限的啊，而且我这个年龄正处于事业上升期，工作之外很少有时间去参加其他圈子。我突然开窍了，像朋友这样工作没耽误、老公也同时搞定，岂不是两全其美的好方法吗？

又想想那些婚恋网站上推荐的男人，一个个不知根知底，大多也是心浮气躁，急着结婚，哪有几个会耐心培养感情的。而如果是同在一个单位的同事，每天照面，自然了解得踏实有底，一来二去很是有戏啊！

自从这个想法在我的脑子里出现，就像生根发芽般快速猛长。我毫不犹豫地辞掉了原来的工作，仗着名牌大学中文系的毕业证书，我对找工作这件事充满自信，更多的是对在职场找老公充满了斗志。

— 3 —
出师不利，理想和现实差别太大

辞职后，我先在家蛰伏了一段时间，准备研究一下到底哪些行业、哪些公司的钻石王老五密度最大。

首先想到的是工科男集中的IT业，这里的男人话虽不多，情商也不高，又没什么情趣，不过多数都很简单专注，也没什么乱七八糟的夜生活，很适合"娶"回家慢慢调教。

招聘网一搜，我就发现一家中关村的IT公司招经理助理，而且指明要女性。投了简历，经过两轮面试，我顺利上岗。

上班第一天，为了给新公司的男人们一个过目不忘的精彩亮相，我把衣柜翻了个底朝天，在家足足精心打扮了两小时。

为了在最短时间内搞清楚公司单身男同事的状况，我常和前台的小姑娘套近乎，终以一瓶香水的代价，迅速搞清了办公室中男人们的风水分布图。

办公室一共有34名男士，40岁以上的已婚男占多数，这一批首先被我PK掉，不做小三是底线。剩下8名未婚男，据说其中有5个有女朋友，剩下3个还单身。

我迅速定位了3位单身男的情况，可一个个考察过去，不是一般失望。虽然我急于把自己嫁出去，也并非外貌协会的成员，但袜子都能穿成一样一只，脸上油腻腻的好像没洗脸，指甲比我的还长、又脏……这种人设怎么能爱得起来？

发现这个"噩耗"后，心灰意冷的我自然也没心情继续工作，不到一个月就找了个理由溜之大吉。

— 4 —
偶遇帅气私教，不料却是渣男

汲取了第一次的教训，我设定了几个"不能进的公司"标准：

（1）不准在办公室谈恋爱的公司，即使是世界五百强也不去；

（2）女多男少的公司，即使福利再好也不去；

（3）已婚男扎堆的公司不去，比如某些像养老院式的国企等。

很快，有朋友给我推荐了一家著名的健身机构，说那里帅哥如云，好多都是单身男，而且近期正在招文员。

名牌大学背景就是好使，过关斩将后，我成功应聘。

上班第一天，我发现这次似乎来对了地方。男同事们不光有颜值，而且个个穿衣显瘦、脱衣有肉。

凭借工作关系，我很快和一位叫焦点的健身房私教熟悉起来。一来一往谈公务，我发现他看我的眼神开始变得不同，也常在楼道偶遇时向我露出一脸坏笑，搞得我心跳加速，脸红到脖子根。

那段时间，挤地铁、赶公交、周末加班对我来说都成了一种享受，因为每天能看到喜欢的人，心里正在萌芽的小情愫成了最好的鸡血。

而且我还打听到焦点年收入十几万，家里有房有车，人又风趣幽默，和同事们关系也不错，简直是我不可多得的目标。

可好景不长，随着了解的深入，我开始听到他的一些负面消息：这个我心目中的完美男人，还和公司里其他女孩暧昧不清，而且还经常和女客户传出绯闻。

听到这些消息真是五味杂陈，心里像吃了苍蝇一样恶心，自己真是不开眼，怎么会看上这么一个渣男，竟还被他撩得春心荡漾。

眼不见为净，怀着一肚子郁闷和受伤的自尊心，我在得知消息的第二天就离开了那家健身公司。

— 5 —
他说，事业更重要

带着猎夫的心态周游了几家公司都以失败而告终，但我倒是越挫越勇，不肯放弃。

当我去第四家公司报到时，对恋爱和婚姻的焦虑已经累积到极点，每天花大把时间穿衣打扮，和单身男同事打成一片。

结果，这种用力过猛的状态给我引来不少流言蜚语，直到有一天被老板叫到办公室，先以工作为由批评了一通，后以影响不好让我注意举止。

在这样人言可畏的环境中，想是也不会带来什么良缘，搞不好还被孤立，就此别过吧。

后来在第五家公司上班时，我遇到了郑秋里，一个在各方面都不错的经济适用男。

为了让他注意上我，我故意和办公室主任诉苦自己的办公桌离过道太近被影响，申请调到了郑秋里对面，有时还会默默地陪他加班，半个月后，我们渐渐熟悉了起来。

一天夜里，办公室只有我和他在加班，我特意买了热咖啡端给他，可能是四下无人的环境和独处男女的微妙气氛，本来默默喝咖啡的郑秋里突然告诉我，他其实早就知道我的心思，他也很喜欢我。

被这样突然告白，我立刻有点不知所措。即便对这一场景预想过很多遍，但真的发生时，我还是菜鸟一个。在办公室昏暗的台灯下，我们就这样看着对方傻笑，一口口抿着咖啡……

本以为这次很靠谱，可没过多久，老板就找到我，说虽然公司没有明文禁止办公室恋情，但希望员工注意影响，说白了就是同事之间不能恋爱，否则两人之间必须走一个。

当时我第一反应就是，那我走好了，反正我本意不在工作，只是想到不能每天和郑秋里相处，这对刚开始的缘分可是个打击。

在我为分开不舍时，却得到更大的"噩耗"。郑秋里主动找到我，有些心虚地说："米薇……要不我们还是分手吧……你知道的，我很看重这份工作……"

他的话立刻把我打回原形，从天堂堕入地狱，当我想着为他辞职、为小别伤心时，这个男人想的却全是他的前程！

伤心至此还有什么留恋，我当天就收拾了自己的东西离开了公司，甚至连招呼都没和他打，出了门就把他所有的联系方式删了个干净。

那天我坐在大街边，抱着一杯咖啡祭奠无疾而终的恋情，望着身边两两相拥而过的情侣，猜想着如果他们之间发生利益的选择，到底有多少会相爱如初，又有多少会分道扬镳。

爱情果真经不起考验，还是男人和女人本质不同？我这样的女人可以为了爱情放弃一切，而郑秋里这样的男人可以为了事业放弃爱情。到底是谁错了？

虽然这次恋爱刚开始就被扼杀，可倾注了所有希望的我还是被伤到了。辞职后，我宅在家休息，恨嫁的焦躁已经没那么张牙舞爪，沉静下来后我开始反思这一年的经历。

回头看，这个办公室猎夫计划还真有点荒唐，现在和闺密聚会，还常被调笑是"史上最勇猛剩斗士"。

可若回放到一年前，我也许还是会这么做。那时候的心境现在自然不可理解，真的是着急上火，不管怎样都要找个出口释放。

等尝试过了，经历过了，体验过了，方才像出了口恶气一样舒畅。我想这就是每个年龄阶段都会有的"危机感"吧，是对年华不再、无法掌控的遗憾和不甘。

也许我浪费了一年的职场生涯，可谁又能保证这一辈子的决定都是对的。

虽然在最近的面试中，被对方询问一年跳五次槽时我仍感尴尬，不过现在的内心已经坦然。我可以从容面对自己29岁的生日，不再是急吼吼的恨嫁女，而是越来越清楚想要什么的淡定女。

有一句话特别治愈我，写在这里和所有"剩斗士"共勉：**爱情，是不能找的，只能是等来的。**

讲述者：石头姐

4.结婚两次的东北大姐和港哥的爱情变奏曲

任何一个女人，只要她想重新开始，她就能驾驭N种人生。这个道理，费尽了我32年的青春。

我是石头姐，今年34岁，仍然满满少女感，笑靥如花；忙时日进斗金，闲时和丈夫坐飞机满世界去嗨，子女双全，一家优雅又和谐。

任谁也看不出，我结过两次婚，得过抑郁症，受得了继子，干掉过N个小三（请注意"N"这个数量）。

"小三"是我这辈子最痛恨又最重视的字眼。

— 1 —
荷尔蒙的青春期

我是东北大姐，爽快仗义，生活在冰天雪地的大农村，唯有张气质脸。典型的美人脸，爷们心，没文化，见光死。

是的，我是个洋气的"村花"，且早早地嫁给了"村草"——我前夫。生下女儿后，村草前夫心里就长草了。小三闹到家里，刚烈如我，想白刀子进红刀子出，却差点伤到自己。

带着女儿离婚，身无分文，我当时23岁。瞧，这就是美貌的劣势，**你常常难以分辨，男人本质是什么，他想和你睡多久。**

我满脑子想的是：你负我，我就逆袭给你看。

单枪匹马闯北京，两年时间，我从饭店服务员变成纪梵希的高级导购，从浓郁的杀马特大糙子妞变成有见识、有情趣的都市女孩。

爱情之门再次向我敞开。

港哥是没有名气的香港导演，看他第一眼：这不是香港小马哥吗——一米八五的个头，一身牛仔，走路带风，墨镜丝巾一个不少，风骚又痞气。

港哥很穷，但他朋友不穷，他来帮朋友退货。

纪梵希拼接版的皮上衣，售价一万多，已卖出一个月，衣服未动，但收据搞丢了。按规定只能换，不能退。我们沟通了半小时，港哥怒了，我清楚地听到"我顶你个肺"等粤语字眼。

我也是暴脾气，忍不住飙上东北话，我俩越怼越激烈。

港腔大战东北话，一怼喜相逢。

我俩的孽缘就这样开始了，都是仗义又有点犯二的人，恋爱三年也是惊心动魄。

美好回忆太多，最特别的有那么几件事。

两年同房不同床，这主要是我的意愿。因为我们都离过婚，有各自的孩子，心理修复是需要周期的。纯真至善地做了两年朋友，终于扑倒了对方。

有段时间很穷，住在仓库里，我洗澡时煤气中毒，港哥骑着摩托连夜回家看我，捧着我的脸说："将来我一定给你买个最靓的游泳池。"

后来，港哥真的开始走狗屎运，参与的电影都大卖特卖。

有次去俄罗斯探班，我们开着皮卡车，和本地路怒的家伙干了起来。对方下车，抢起锤子暴砸我们的车，港哥一把抱住我，我们在挥舞的锤子和纷飞的玻璃碴子中，飞车逃跑。

港哥鲜血直流，我安然无恙。

— 2 —
他竟然出轨只有60分的妹子

当家里有豪华泳池的时候，我发现港哥可能出轨了。

对于男人出轨，女人通常有三个阶段的反应。

第一阶段：暴怒、趾高气扬。（你敢出轨？我们这么相爱，你竟然出轨？跪下！）

第二阶段：疑虑、纠结、自嘲。（选我还是选她？我还爱不爱他？我要怎么办？）

第三阶段：百炼成钢，智斗小三，掌握主动权，长成大女人。

我这套思维，背后是"N个"小三插足的血泪史，是简单妞到白骨精的进化史。

影视圈是个大熔炉，有姿色和狠劲的妞遍地都是。根正苗红的女强人很多，但总有妞爱走"婊"字捷径。

关于智斗小三，其实没别的技巧。网友花重金问王思聪如何鉴别外表单纯、心机颇深的女人，王公子给的答复是"熟能生巧"。

打怪多了，自然就狠了。

面对出轨的两大原则：一、你不爱他，就早点分手；二、你很爱他，那就分析原因，干掉前赴后继的小三，开始你的爱情长征。

港哥可能出轨的对象，是个嫩得能掐出水的化妆软妹子。

我们戴了同款丝巾，丝巾很难买，她也买不起。偷偷看港哥的银行卡消费记录，我那种脊背发凉、颠覆人生观的惊悚感又来了。愤怒和耻辱让我发疯，径直扯着妹子，冲到港哥面前，眼泪唰唰地掉。港哥坚持说只是预谋，没有实际关系，要我理智。

一场闹剧下来，港哥颜面尽失，我消失了一个星期。

冷静后，我发现，我还是极度爱着港哥。

同时，我还发现基本的黄金定律，出轨原因主要有两个：一是新鲜感；二是70分的人，总想睡90分的人。

那么面对60分的对手，你只要稍稍学习她的优点，然后碾压她。化妆妹子是个新鲜娇柔的小女人，她最惹人怜爱的点在于示弱。

我心里仰视港哥，但其实一直以东北大妞的野蛮劲和他相处。于是，我精心跟港哥示了个弱。

港哥惊喜交加，他很珍惜过去穷矬患难的日子，也反复考虑过我们的未来。归根结底，他想娶个好妻子。

于是我们欢天喜地地扯了结婚证。

— 3 —

面对90分的对手，怎么办？

没高兴几天就发现，导演这个骚包的职业，真是太吸引小三了。

港哥是个魅力直男，他这种侠义大哥范儿的，最受不了软妹子的绕指柔。女生间一看就透的伎俩，在他那大多数化为"你想多了"。这种得寸进尺的勾搭，一不小心就让他掉坑里了。

有一种"伪好男人"，他能意识到对方不轨，但忍不住享受对方的崇拜，认为一切尽在掌握之中，没越界，对得起妻子。

对于这种男人，妻子必须强大起来，**你爱他，就要守护他。**

曾有个90分的女演员，公然调戏港哥，把我当空气。港哥比较收敛，委屈地跟我说，他有种被嫖的感觉。

但被美女调戏，大概是每个男人都有过的艳遇幻想。

门头沟一线天这个地方，很多影视作品都拍过，其实是个手机没信号的大深山。

港哥拍戏时用对讲，手机扔给我。宾馆有信号，手机上赫然有女演员露骨的信息。我自然不能让她白辛苦、干等着。

扶着醉酒的制片人，敲开女演员的门，和她眼神交锋，她识趣地接过制片人。

各取所需，何必虚伪，她跟谁都是为了"钱程"而已。

面对90分的对手，你要相信，她想睡的一定是100分，甚至是200分的男人，她看上80分的港哥，必有蹊跷。

对付这种女人，没有碾压的可能，只有共赢思维，反手甩给她更好的资源，各自安好。

— 4 —
最不要脸的75分对手

婚姻的小船靠严防死守，是航不远的，我碰见了史上最强劲敌。

"白莲花"不要紧，就怕她是个跟你玩命的小三。

"白莲花"是个相貌姣好、研究生学历的大龄"处女"，剧组实习生。

我真的犹如福尔摩斯一般，洞察力惊人。剧组杀青后，她发了张雪天自怜的照片。我在她墨镜反光里看到一个模糊的白色身影。我猜，那是号称出差的港哥。

港哥出差回来，破天荒给我带了极贵的礼物，我面如死灰。直男送重礼，必有蹊跷，一追问，他承认出轨"白莲花"。

更要命的是，"白莲花"怀孕了。

而如此善良简单、高学历的"白莲花"，就像是天桥上的算命先生，最会拉客和唠嗑，"处女"加"怀孕"，对于责任感爆棚的港哥来说，简直是绝杀。

人总是在自己没有的东西上，格外饥渴。

我再一次想到离婚。

可我已经32岁了，我不能活成地表最厌的原配。我受的伤害，应该由港哥和"白莲花"埋单才对。

我请人调查了半个月，"白莲花"一点都不白，她钓上港哥的前几天，还和剧组的另一个男人在一起。

孩子可能不是港哥的，我的任务就是把可能变为事实。

我搞到一份录音，基本可以证明"白莲花"把港哥当成了接盘侠、冤大头。

"白莲花"也是戏多，自杀什么的玩得纯熟，我动用了一切力量，直到让她崩溃。她承认，不知道孩子是谁的。

港哥的自尊和情感受到万点伤害，闭关思过。思前想后，"白莲花"打掉了孩子，我代表港哥给她打了一大笔钱。

我不是大度，只是不愿港哥对她再有半点愧疚，他的愧疚应该都留给我。

面对75分的对手，敌我优劣不明显的时候，最关键的因素是港哥。港哥最在乎她什么，就抹掉这个最在乎的点。反手一顶绿帽子，没有哪个男人能受得了。

这是一场不要命的持久战，身心俱疲。

— 5 —
修复和重生

我和港哥没离婚，他加倍对我好，我加倍败家。直到败到他的底线，我们重归于好。

我们同甘共苦那么多年，一个为我拼过命的男人，我们舍不得相互放弃。还有我女儿，我个人没办法给她现有的资源。

爱我，就守着我；不爱，就滚犊子。这是每个姑娘都期望的原则，但现实往往不是。

22岁时喊着他为什么出轨，32岁时已经手起刀落，悄悄解决好了一切。

大战"白莲花"的后期，我经常悄悄就哭了，朋友提醒，我才知道我得了抑郁症。

港哥花了很长的时间，陪我走出那段时光。我俩每天去老人院做义工，感受一对对没有容颜、性羁绊着的老夫妻，那种平常又动人的依恋。

从娘胎里来，到坟墓里去，年轻时荷尔蒙总是主宰一切，而最后相守的是情感积淀、性格和才情的综合体。

我32岁，重新开始人生。

中国有太多丧偶式的婚姻，我不愿后半辈子都活在小三的阴影里。遇事总是抓解决办法，这是亘古不变的法则。

我开了家美容院，兼职平面模特，靠自己，日子过得摇曳多姿。终于可以追上港哥的脚步，回到与他平等相处的那个东北大妞。

能活成傻白甜，是极其幸运的事。

可我们大多数人都活成了甄嬛，不是学甄嬛的狠辣，而是学她活着，是为了取悦自己，是有一定的男性思维，雌雄同体，真诚爱人，又决绝地化解危机。

我不是痛贬小三，也不是以分数评论他人，而是想说**每个女孩都值得最好的爱，自爱是第一步**。

而再好的男人也有情商掉线的时候。他掉线，你顶住，总掉线，换掉他。

大风起兮云飞扬，愿姑娘们可以做一个热烈生长的女人，**肆意自由，潇洒一生**。

讲述者：樱桃

5.嫁给资产5000万的霸道总裁，我靠的可不是美貌

— 1 —
一场神奇的饭局

我是樱桃，两年前，我27岁，和每个人不敷出的白领一样，拿着大几千的月薪挤在十几平方米的合租房里。**被预测一生吃土的我，却做了件骄傲无比的事——成功嫁给资产5000万的姜公子，就此开挂逆袭。**

我和姜公子相识于一场神奇的饭局。老板迪姐说要带我见个钻石王老五，重点是我打扮得花枝招展点，意思你懂的。

饭局地点是那家著名的寺庙法餐馆。我到的时候时间尚早，就手贱地自拍了下，因为院内"玩鸟的男人"雕像太逗了。

可我却拍到了一个男人。一个倚着门框吸烟的男人，个高一米

八，气场两米八，一身冷峻自持的味道，隔着闪烁灯光正饶有趣味地盯着我。

拍照装逼的行为被偷窥，我厚脸皮甩句话："您老能闪开下吗？"

他真的就闪开了。

0.001秒我就后悔了，这么帅的服务生，应该多意淫几眼啊。

可10秒后，迪姐指着那个男人说，来认识一下，这是你今晚的目标姜公子。虽然我早就练就了温柔似水的"乙方性格"，不担心什么尴尬情况，但此刻老脸还是有点方。

饭局是姜公子"一男见四女"的选妃猎场。

我的三个劲敌：深V领的美女话剧导演，美艳；陆军小千金，后台硬；1991年生的妹子会聊，更会撩，嫩得能掐出水。相比之下，我是最苦逼、最没特点的奔三小白领，加上拍照毁灭式的相遇，出师未捷身先死。

饭局结束，我和他唯一独特的谈话，就是聊起了德军二战时的装备，领了"冰雪聪明"四个字，勉强没白费我通宵达旦浏览军网的辛苦。

我被判死刑了吗？No。像姜公子这种打天下的男人，一定是可以自己搂着自己睡觉的男人，对他而言，**男女关系有很多种，但无外乎"租赁"和"长期购买"**，租赁享受的是美艳和服务，而长期购买的则最好是能增值的妻子。

我努力的方向是被长期购买。

— 2 —
儒商版的柳大尉

知己知彼是第一步。

对于摸底，你会怎么做？我的法宝是祭出健谈又八卦的男闺密。男人间的交流最直接、最露骨，我很快鸡贼地掌握了姜公子的信息。

姜公子36岁，创一代，军人转业后经营公司，近两年开始跟着大佬做地产金融；曾在地震时做志愿者挖人，山崩地裂里走过几回；前任老婆是比他大7岁的女强人，后交过各式女人，给过90后姑娘一套房。

这活脱脱是一个行走的、儒商版的柳大尉。

我这个年纪，是想得到爱和婚姻的年纪。宁缺毋滥，按自己心意过一生的骨气还是有的。

但姜公子那种"一半风流、一半深情"的气质，吸引着我屁颠屁颠地去飞蛾扑火。

你身边也会有那么一个人，他的出现，你的沦陷。

我挤进了姜公子的社交圈，一起去崇礼滑雪场。

一路相谈甚欢，但重点是我不会滑雪，还恐高，只好转移重点，让姜公子教我。空旷山顶，掌心交融，顿时有种拥有这个男人就拥有全世界的感觉。

做王的女人，感觉真爽。

姜公子扶着我的腰，能感觉到他对我的试探。

暧昧和过招，大概是恋爱最美妙的时刻。

可能是乐极生悲，我崴脚了，但死不吭声，直到被姜公子发现，脚已经肿成了黑驴蹄。姜公子要开车带我回北京，我沮丧至极，还没等到风花雪月的夜晚，大白天就听见欲望咔咔夭折的声音。

路上我正天人交战的时候，一头疯牛蹿了出来，径直撞向我们，姜公子急转弯，车冲出护栏，惊险滑行后卡到沟子里。我第一反应就是抱住姜公子，死不撒手。

姑娘我是真的吓到了，他回抱了我，这个时刻，感觉我们之间的情义飙升了180度。

养殖场主把疯牛赶走，姜公子打电话求援拖车。

冰天雪地里，像《男与女》一样，我注视着姜公子，车里的气氛渐渐有点燃，眼前这个男人，头发浓密，没有小腹，眼神坚定又深邃，眼角微微的皱纹显露出他看过的山川河海……军绿色防寒服衬得他精雅干练，好似我喜欢的男星陈道明。那一瞬间，我脸红了。他也怔怔地望着我，像是端详一个陌生又熟悉的亲人。

此时不拼更待何时。心里是自卑而羞涩的，行动是积极而大胆的。

我两眼一闭心一横，不要脸地亲了上去，于是我们就接了个激情绵长的kiss。

唉……人肉市场竞争激烈，这年头谈恋爱都得玩命了，感谢那头会来事儿的牛。

— 3 —

要真爱，也要套路

回北京后，我开启了作战方针，以退为进。没主动黏着他，我在等待机会。

套路在真爱面前，依然要用。

果然，三天后，他突然打电话"召见"我，请我去四合院。巧妙地化一个精致又不显山不露水的裸妆，换上粉色大衣和包裹住玲珑身材的裸色毛绒长裙，我到了。

一到现场，我就敏锐地察觉到他情绪不对，还好之前买了两瓶好酒（暗暗心疼酒的价格）。四合院是他和合伙人的基地，我看姜公子的第一眼，就知道今天该是天时地利人和搞定他的时候。

补充一个技术分析：一个打江山的36岁男人，是有着强大防护系统的人，想打动他心弦、走进他心里，除非是仙女或逼格比他高太多的女人，要等，就等他杨柳岸晓风残月、更与何人说的时候。

果然，姜公子搞砸了一单生意，与合伙人非常不愉快，这时候我自然是开足马力往他心里冲。聊着聊着，就聊到他90后前任，原来那可敬的妹子给他戴过一顶绿帽子。

我也讲起了我前任，最后淡淡地说，我三年没做了。

这种撩拨和暗示果然管用。他扫了扫我裹在裸色毛绒长裙里的身体，应和着呼吸，我的C罩杯酥胸和心脏一起跳动……忍不住一把拉过我深吻了起来。壮年男子的吻，深厚而缠绵，有力又温柔。

我醉了。

当晚我们在一起，从诗词歌赋到人生哲学，再到解锁新姿势，我和平时判若两人。这个时候再不热情，是傻吗？

可第二天姜公子瘸了，是真瘸，右小腿疼得站不起来。这一夜可真是前无古人、后无来者，姑娘我生猛到这个地步了？

检查结果是，姜公子右小腿早就长了个瘤子，渐渐变大，压迫到了动脉神经。

三天后，姜公子在某知名医院做摘瘤手术。我陪在一旁，打完麻药开刀，主治医生发现瘤子比拍片大得多，又在血管附近，踌躇着竟然撤了，而另一位更权威的在来的路上。

我有幸瞪着姜公子的血腿，度过了30分钟的曼妙时间，这期间发现他不太敢望天花板上腿的倒影，我悄悄挡好。

姜公子说，也就你见过我这尿样，我瞬间心花怒放。

姜公子住院二十多天，莺莺燕燕来撩骚的不少。我帮他请了护工，每顿叫好外卖，时刻惦记他，却倔强地控制探望他的频率。

我每次探望，自然不做送粥送花那些别的姑娘已做的事，而是倒一盆水，帮他擦洗，像老夫老妻很多年的那样。水和手不断撩过，我的表情很是冰清玉洁。姜公子憋着一股邪火，度过了见我的每一次。

他出院后，没来得及下一步，我就飞香港出差了。

— 4 —
永远不要和男人比硬

身处香港，我依然帮姜公子点外卖。外卖是多伟大的发明，既关心我的男人，又能知晓他的行踪，一箭双雕，谈情说爱so easy。

我突然收到卡里多出2万元的短信，接着是姜公子的微信：多吃点，回来好有劲儿。我瞬间觉得霸王终于开弓了，怒赞啊！

回京后，我立马取出2万现金，铺在鲜花盒子里，空降到姜公子家。小别胜新欢，只给我人就行了，谈什么钱。**对于大方的男人，拒绝他的小钱，他只会给得更多**，如甘比对刘銮雄。我是真心希望姜公子能看重我，走心不走肾，如果是午后红酒、丽江艳遇般的存在，没有意义。

职场也是表现自己的好机会。姜公子的公司参加国际反恐装备展，地点是国际展览中心。他穿着迷彩军服，抱着枪，活脱一个真人版柳大尉，我压抑着色眯眯的心跳，一本正经地接待他的领导和战友，尽可能促成销售单子，最大化地让他看见我的价值。展览馆一战，基本打得漂亮，我好像看到了职场新曙光。

后来和姜公子结婚时，他已经要求我在他公司工作几个月了。我问他为什么要娶我，他说有两个细节：一是滑雪时脚肿成包子也不吭声，二是在医院里帮他擦洗，见过山崩地裂的人，却怎么也忘不了我的探望。最重要的是，他是创一代，娶妻只为迎合自己而非家族，而我的综合素质PK掉了别的女生，靠谱、安全、有感觉。

遇见姜公子，可能是我人生走的最大狗屎运。但我从来都认为，我们只是刚刚好。永远不要和男人比硬，要和他们比软。弱化和忘记金钱物质这些硬的东西，强化思维见识这些软的东西，生活的本质是你能靠这些虚的东西给对方带来什么。

于我而言，嫁给姜公子，一是爱，二是尊重。他让我跳槽进公司，教我成长，所做的是让我在精神层面与他共振。

睡个有钱人很容易，让他娶你有点难，想得到长久的婚姻更是要发挥你的毕生绝学。

而我正在婚姻中尽力"媚主"，且同时不断提升自己，打算让姜公子献上王的膝盖，一辈子！

天将降霸道总裁于斯人也，必先苦其心志，断其筋骨。我能学，我能忍，我能享受霸道总裁爱的礼遇。

好了，这就是我的故事，或许脚本你已烂熟在心，甚至做得比我要好。我只想说的是：放弃傲娇和自卑，男神也是人，首先让你成为值得被爱的那个人；然后投其所好，打破他的心理防线。**套路服务于真心，彪悍又会撩，你就赢。**

讲述者：妖婆

6.叫我妖婆，一个130斤国字脸网红的高潮人生

我是陈兰岚。当然，更多的时候，我是"妖婆"，一个身处四川成都的130斤"国字脸"网红。

为啥大家叫我妖婆？在我们四川，好看的女蛇精叫妖精，不好看的女蛇精病叫妖婆。

我不好看，却成功把男神老夏"睡服"成老公。

我起点低，靠网上一个分销小广告走上了发财路。

对的，我这个农村出来的创业女屌丝，靠3万块钱起家创建"梦露珠宝"，6年后年销售额破千万。如今揽着大帅哥老夏财色兼收，生活得十分巴适（安逸）。

关于女性成长，我的鸡汤可能有点重口味。你要忍住看完。

先说我的起点，可能低过60%的姑娘。

说出来不怕你笑话，在此之前我只是一个"不知道蒂芙尼，只知道达芙妮"的农村姑娘。直到大学的时候，自己的梦想依然是"一天

三顿吃麦当劳，穿达芙妮的鞋子和美特斯邦威的衣服"。

和老公夏爷恋爱时，他心疼我用30块一瓶的指甲油，就悄悄买了一瓶香奈儿（Chanel）放在我的抽屉里。第二天看到后，我特别兴奋地打电话问他："宝宝，你给我买的什么牌子，叫，叫'中国'（China）？"

— 1 —

每一个创业的姑娘，都曾有过跳楼的冲动

我从来都不是一个走寻常路的人。

2009年，大学毕业，我哭着问爸妈要了3万块钱创业。之所以要哭，因为那是家里为数不多的积蓄。心得多狠，有多大决心才能动用这笔"巨额"家产啊！

但是我敢。因为我心里明白，这是改变自己和家庭命运的唯一机会。

一个好汉三个帮，创业先找合伙人，我那时就懂。我想到了大学时一起搭档，挨着敲宿舍门卖内裤的室友崔崔。

我一个电话轰过去："崔崔，我要创业，你回来帮我！"

崔崔问："有项目吗？"

我说："没有！只有我！"

崔崔回答："好，有你就够了！"

完全是凭借一股初生牛犊不怕虎的胆量，我们开始了网络珠宝创业。

为什么找珠宝来卖？因为当时网络上一个"牛皮癣"式的分销加盟小广告成功吸引了我的注意。我决定就它了！

进完货后，我们就没钱找办公室了。

我和崔崔说："实在不行咱们就找个住宅小区，套二，晚上在卧

室里睡，白天在客厅里卖！"可金牛座的崔崔硬是翻遍了中介，找了一间租金只有700元的"市中心春熙路旺铺"——那就是我们的第一家店。

那是个特别老的写字楼，高楼层不临街，一共30平方米，只有10平方米给我们卖珠宝，还有20平方米是卖电脑配件的。客人第一次来的时候，现场一片混乱，他们大概以为进了皮包公司："咦，怎么这么多电脑啊？"我脑子一转，脱口而出："我们刚搬来，这边是我们的卖场，而那边……那边是我们的国际网络运营中心。轻资产运营嘛，基本不赚您一分钱。"

一旁耿直的崔崔差点当场翻了一个白眼。

在那个身处老旧写字楼、不临街、面积只有10平方米、连收银台都是借用的铺位里，我们熬了半年多，生意依然惨淡，甚至欠下了10万元的债务，孤立无援。

破烂的出租屋里，大冬天一个人三更半夜起来上厕所，走到厨房摔了一跤，一屁股就坐在了盛满水的洗脚盆里，我坐在那里不愿起来，号啕大哭……**真的是一无所有，表面上踌躇满志，夜深人静就涌上来太多绝望，有几次都想从9楼的店铺跳下去。**

我和崔崔至今都还记得，在终于送走第一个交定金的客人时，姐妹俩忍不住抱头痛哭。

创业太苦了。

— 2 —
叫我"妖婆"，用"高潮"迎来新生

客人不主动上门，我开始主动寻找他们。当时网络论坛正火爆，

我就给自己注册了一个网名"老妖婆"——这是大学的时候因为做事太疯癫、根本没约束，同学们赐的外号——正式开启了"妖婆"在网上兴风作浪的时代。

一些客人来店里选珠宝，先爱上了和我聊天的感觉。我在日常生活里本就荤素不忌，随时随地高潮迭起，用他们的话说：再色情的东西被我说出来，都感觉在召开十一届三中全会似的。受到客人的鼓舞启发，我开始在微博上分享一些重口味的逗比段子，粉丝一发不可收拾。

这为"梦露"带来了源源不断的客户——始料不及，**最真实的自我反而胜过了费尽心机的营销**。

很快，有粉丝为了见我一面而特意飞来买钻戒。也有经过"妖婆"洗礼的女客人，把老公带到店里让我"开光"。有客人感慨："每次一吵架，我就会想起妖婆的教导，要用情趣的沟通把老公'睡服'。"还有一些在念大学的姑娘给我留言："妖婆，我毕业赚钱了一定要买你的珠宝，才能还上这几年看的段子。"

有人评价说：一个130斤的"国字脸网红"，骚得猥琐却不低俗，骚得明朗却不下流，骚得如此天真可爱，骚成了一股传销一般的"高潮文化"。

"高潮"仿佛成了"妖婆"的专用词汇——粉丝的接头暗号都是"跟着妖婆超（混），每天都高潮！"，但是"高潮"——这个在大多数女性字典里讳莫如深的词究竟是什么？

我总觉得，现在的女孩都太有"教养"了，以至于她们从小到大一直在参考别人的生活方式。从小无人"教养"的我，反而一直更清楚地知道自己需要什么，并且从来都毫不忌惮地直白表达。

所谓的"高潮"，看似是最私隐、最"三俗"的两性需求，却也是最本真、最美好、最健康的人性。在生活中，很多矛盾都可以靠这种看似"粗暴"的方式解决，也能够帮助我最快速有趣地完成人与人之间的破冰——"妖婆"一出口就"污力全开"，露骨的"坦诚相待"，对面的人还有什么可装的？只能缴械投降，完全放下戒备心。

"高潮"只是一种表象——不是每个女孩都能像我一样肆无忌惮地说笑。但是，我们都可以选择活出最真实的自己。

"妖婆"的真实叫作"高潮"，而你的真实又是什么？

— 3 —
主动出击，把幸福"睡为己有"

当一个人具备简单直接的主动性，不仅在事业上仿佛开挂一样顺畅，对于爱情也是一样。

高潮的人生，有无数次主动出击，比如"被我追来"的夏爷。

一次客人来买钻戒，闲聊中说要给我介绍单位的高帅富。一般的女生大概早就故作娇羞着"不要不要"了，可我愣是追出门去把QQ号塞进她的手心，义正词严地说："不是要介绍吗？那就必须让他联系我，说到做到要讲信用的！"

大概是迫于"淫威"，那张小纸条顺利转到夏爷手上。而在电脑前守株待兔的我，终于等来了命里的夏爷。后面的桥段无须多言，两个月后我就正式把夏爷"睡为己有"。

当时在国企军工单位当工程师的夏爷，后来常常狡辩："你觉得我对你好完全是误会。公务员男生就是这样，你以为他深情款款、细心周到、幽默大方，其实就是他们平时伺候领导伺候惯了，业务素质特别好！"

他还佯装委屈："一般来讲，男女恋爱这回事，男人走八步，也**希望女生走两步。可你根本就是百米竞速直扑上来。**"任他百般狡辩，被我搞定的事实胜于雄辩。胜利的喜悦时时浮现在我心头。

在我妖婆的字典里，幸福从来都是要靠自己争取的。**如果渴望爱，就要使出百分之几百的力气去表达、去付出、去争取接纳与信任。**

看到这里你也许会问，当一个女孩全心付出，会被珍惜，会有幸福吗？

只要你足够自信，足够好，答案是完全肯定的。夏爷对我渐入佳境，越来越离不开的爱就是最好的例证。

自小父母不在身边，寄住在亲戚家，过去的我一直渴望拥有自己的家庭。如今，世界上突然冒出一个人，总是在耳边不停地唠叨：你在我心目中，永远是第一位。我一下子明白了能量守恒是什么，从小到大的委屈、磨难、痛苦、缺失至此都有了弥补。

我再也不需要向其他人证明什么。

除了密不透风的爱，夏爷也教会我，如何在家人面前甩掉工作中的强势。现在的我，**在职场像藏獒一样，在家里像二哈一样，在品位上像中华田园犬一样。**

现在"梦露"做得风生水起，不免有一些刺耳的声音传到夏爷耳边。可夏爷从来没有因此不悦。我常对他说："我们刚认识的时候，我欠了十多万的债，你什么都有。只要不瞎的人都知道，全是因为有你毫无保留的尊重和支持，我才能活出自己最闪耀的那一面。"

— 4 —
为爱而生，将痛苦凝结成信仰

对于任何人而言，生命都不只有胜利和幸福。我也遭遇过严重的痛苦。

2014年11月，在我怀孕五个月的时候，宝宝被发现肾脏功能发育不良，必须引产——人生中第一次经历生离死别的痛苦，竟然就是和自己期待已久的孩子告别。而那时候，我已经能看到他小小的模样了。我不能释怀。

我那么热爱生活，竭尽全力去对待生活和身边每一个人，凭什么要遭遇这样的事？就算平日里，我是一个一秒钟就能从消极情绪中解脱出来的射手座，这一次还是深陷抑郁之中十多天无法走出来，暂停了一切微博微信的更新。

我开始思考，我们每个人来到这个世界，是为了什么？

我想，是为了找到尊重、找到认同、找到存在感，而最终的本质是找到爱。如果这个孩子为爱而来，那他的离去会不会也是因为爱？

当时我和崔崔同时怀孕，孩子很懂事，他大概是担心，如果妈妈和阿姨同时生产，会不会忙不过来？所以才故意推迟了前来报到的时间。

孩子的离开让我更加珍视身边的一切，因为所有美好都可能稍纵即逝。妖婆还是妖婆，但没头没脑、大大咧咧、没有信仰的生活就此终结。

20天后，我在微信上发出了一封写给孩子的日记，告诉全世界，这个孩子曾经来过。我再也不避讳谈及宝宝的离去，因为我和夏爷会永远记得他为我们带来的爱与快乐。我还用一只灵动的小鹿，设计了一款母亲和孩子可以共同佩戴的项链，并用"为爱而生"为它命名——现在，这条项链戴在我身上，而这句话就是我的信仰。

公司的发展一直很顺利，尽管我在微博上只有不到4万的粉丝，但个个都是铁粉，都在买我的珠宝，公司人不多，年销售额却早已过千万。

我常常在想，为什么你们会喜欢这样一个以"妖婆"形式存在的陈兰岚？

也许是在我洪水猛兽、肆无忌惮的画风里，找到了被压抑的另一个自己？也许是因为这么一个从村镇里走出来的女孩儿，让你看到了一个女人拼搏事业时无害的野心，面对爱情时百折不回的纯真，接纳自我时的主动和坦诚。

曾经的我会为了活出自己，故作特立独行，其实只是为了争取一份细腻的在意。而现在，我更希望每一个热爱生活的女孩能够找到真我——以为爱而生为信仰，纯真去爱，不甘平庸地去奋斗，才能不负年华，活出高潮。

就像妖婆一样，勇敢地告诉世界——我要！

7.月薪从3000到5万，我是成功逆袭的90后乡村女孩

－ 1 －
选错了人，却入对了行

金钱如此多娇，引无数潮男潮女竞折腰。如果我有一盏阿拉丁神灯，第一个愿望就是先来一沓点石成金的手指。干了金钱这杯顶级春药，可葆永世青春。

听上去有些传奇。从"穷得啃石头"到"旅游任我行"，月薪从3000跳到5万，我只花了两年多时间。

我是蜜桃，90后，地道的农村女孩。高中以前和父母挤在半山腰三人铺的土炕上，对贫穷的记忆可谓是刻到骨子里。一个鸡蛋要分成三份，一碗大米能吃一个月；还练出了"顺风耳"，每次听见"唰唰"的声音，必能听风辨位，掀开糨糊的墙皮，准确捉住与我们同居的蝎子。

大学读英语专业，那时候一套小房子就能把我打发得妥妥的。奔着这个目标，大二时就和男友互见了家长，努力成为毕业就结婚生子的家庭主妇。可生活处处有狗血，大过年"被分手"，对方的婚礼照样继续，只是去礼堂的我喜唰唰地换成了别人——我蒙了。

站在毕业的十字路口，我醒了，近二十年贫穷的生活没能唤醒我，大学的时间都用来谈恋爱喂了狗，毕业后我一无所有。工作在何方？鬼知道。

好在同我一样毕业于普通地方高校的同学们，也找不着好工作。我决定打破常规，寻求属于自己的路。那么，我究竟有什么本事可以闯荡社会呢？

我想起了自己的特长和爱好。

大学时能日刷十剧，对剧情和爱豆们的衣服如数家珍，我决定潜入喜欢的影视行业。在网上争取到了影视服装小助的职位。

入对行算我的狗屎运。

进组后发现，服装设计师的收入一年轻松过百万，且人才稀缺，升职不按资历只看能力，属于"你行你就上"的状态。我瞬间觉得人生开阔了很多。虽然干的是为明星洗衣服、缝扣子的活儿，但每次去现场的路上，我都两眼发光，心想"老娘现在踩的不是黄土地，是那年薪百万起的黄金之路"。

然而，入职第一个月就被老前辈告知"too young, too simple"（太年轻，太天真），要想成为剧务服装设计师，至少需要十年的积累，对影视人物的精准理解、极具创意的设计风格以及过硬的资方人脉，三者缺一样都没人带你玩。

我却打算五年之内做到。不怕做不到，就怕想不到，我是光脚不怕穿鞋的农村女孩。

有了这个目标，从第一部戏起，我每天像打了鸡血一样地勤快、有眼色，辅以全剧组都难以理解的灿烂好心情。果然，组长在第四个月时，带我进到另外一个组，薪水涨到8000，主要职责是解决摄制组的所有服装小问题。

一天内主演们要换几十套衣服，比如梅长苏穿的是灰白色素服，但如果腰带系错了，进门前是一条，出门后是另一条，这就是接错戏，必须重拍。而重拍意味的是全组对你排山倒海的"特别问候"，你成了导致大家加班的猪队友。

每一场戏都是我的粮票，我非常谨慎。只是风浪都过了，却在阴沟里翻了船。

— 2 —
人生最煎熬的日子

那是部抗战戏，主演服装没问题，砸就砸在群演身上。群演200多人的剧本写的是乔装便装，而我们提供的是军服与便装混搭，属于还没开打就告诉敌方：来来来，我在这里！

距杀青宴还有几天的时候，投资方大发雷霆，要补拍大结局三天的武戏。我根本不知道问题竟这样严重，笑呵呵地问导演为什么要重拍？导演回复短信："你丫还没卷铺盖跑啊？"我瞬间就惊悚了，透心凉。

当时我因脱水在医院里输液，是由A组大助替我上阵，为了防止出错，我们反复把主演的百套服装细节对了五遍，没想到还是出错了。

如今快杀青才发现群演服装这个巨大错误，A组大助早已回家，属于B组的服装问题，这个雷当然是得我来扛，组长显然也是这么想的。三天补拍，演员档期、车马爆破、武行、群演，还有被炸掉的几架真飞机，近千万的费用，我显然扛不起。且这么大的失误，以后不会有人敢再用我，属于出师未捷身先死，我自刎当场都没有卵用。

痛定思痛，大家原以为会跑路的我，却主动堵住了老板。老板一听我是B组服装负责人，表情瞬间暴怒，分分钟能手撕了我。我诚恳认错，捧出5万现金，那是我和父母所有的积蓄，以此为粗心负全责。道歉没有任何实质作用，我又捧出剧本——认为"武工队乔装"对于剧情是可有可无，台词情节没有任何交代，已经是大结局厮杀，为什么必须乔装？C组已拍的是便装夜入空城，那我们就补拍一场混搭军装入空城，后面的也通顺，没毛病啊。

最后，投资方没有收我的5万元，且只补拍了一场夜入空城的戏。那几天是我人生最煎熬的日子，时刻被全组人的目光鞭答，就像你被认为是天字一号大傻瓜，你想辩解你不是，但怎么说都力不从心。

这件事给我最好的礼物：一是我自身的成长；二是由于勇于顶雷，并化险为夷，服装设计师直接把我提升为组长，月薪涨到1.8万——这是我入行的第十个月。

从一个打杂小白，到服装小组长，看上去升职成功，却离我的设计师之路差之千里。于是，我屁颠屁颠地自费去北京服装学院学了一个月电脑彩绘，每天画裸体、画衣服画到吐。

一年内，我担任了三部戏的服装组长，且私下熬夜画图，慢慢摸索。

— 3 —

不做才华和能力被严重低估的女孩

入行到第二年年末的时候，我终于独立完成了一次演出服装设计。尽管服装效果图改了七稿，从选布料辅料做衣服、试装、定装，到搞定人员、大批量群众服装和分集接戏，在这个过程中，我大概瘦了十斤，因为太想把这件事做好。那个时候已经忽略了工资，只有一个想法"老娘一定能**勤劳致富，碾压过去的自己**"。

后来渐渐了解套路，其实投资方和导演的要求很跳跃，从诗词歌赋到人生理想都跟你码了一遍后，今天要的是那种缥缈仙侠的感觉，明天可能就跳到"你看某某戏，嗯，那种梵·高加毕加索加东方艺术的感觉，你知道吗？"我只知道我想静静。

作为乙方，明确甲方要求的同时，一定要给对方你独有的风格定位，要相信在服装这个工种上，只有你是最专业的。

真正赚钱，从此时开始。行业内组长以下的员工，都是按月拿钱，每个级别工资很固定。而做到承包整个项目的服装设计时，就按集拿钱了。电视剧给到服装组长的费用一般每集4000至10000元不等，40集以下的电视剧大概在四到五个月内完成工作。

独当一面后，我的设计工资加业务分成，月薪轻松到了5万多，且在持续增长。

整个过程看下来，你会觉得我并没有走太多狗屎运。我的底牌很一般，不漂亮、没背景，开始也没有如女神一般闪瞎人眼的技能，怎么就逆袭了呢？

我觉得首先是树立一定要赚钱的信念，就会开动全身马达去**赚钱**。

然后基于一定要赚钱的信念，选了一个创造型无上限的职业，且把感兴趣、擅长的技能锻炼得极致、小众，并且hold住了基本的专业素质。

有了信念之后，就是执行。**野心和行动永远比现状快一步**。这是个美好的时代，只要你敢想，且有悟性地去准备，没什么不可以。

另外，吃苦和坚持，是最基础且不值一提的事，因为每个人都在努力。

30岁之前达到月薪5万，很可能撩一个精英王老五；而35岁再拿月薪5万，只能去补贴老公的房贷、孩子的尿布。如今的我，不仅轻松驾驭服装项目，又开始利用闲暇时间写起了剧本，据说一个好的剧本可以卖到100万以上。我觉得，凭借我无敌的学习能力和天赐的悟性，成为一个中等偏上的高产编剧，是两年之内的事。

毕竟好编剧来源于好故事。只要我肯用心挖掘流传在互联网及身边的各种故事，我就不可能不成。

如今的我，还是那个朴实的农村女孩，在北京没买车也没买房，最大的乐趣就是看着银行账户里的存款从慢到快地增加……我觉得我开始发财了。

我打算今年挣到人生的第一个100万。我相信我可以。

没有干爹，没有有钱的亲爹，没有男友，也不靠潜规则上位，我只是一个想好好生活、好好爱，不被时光和生活拍死在沙滩上的女孩。

不做才华和能力被严重低估的人，做最想做的事，这大概是走向人生巅峰的第一步。

讲述者：赵懒懒

8.男人这东西

— 1 —
你不撩，永远不知道自己有多厉害

作为一个大龄剩女加大龄处女，我每经过一处热闹之地，每看过一个清朗干净的帅哥，都会浮想联翩：年龄几何，婚否……

"会注意到我吗？"想半天，我不敢行动，低头默默走过，就算了。

生活在中国四线城市的我很寂寞。一张平凡得不能再平凡的脸，一副普通得不能再普通的身材，戴着厚厚的金边眼镜。我就是扔进人群中再也找不到的那种女生。

太传统，太普通，和男生对视一眼就低下头不敢讲话，导致我的单身癌已进入晚期。

看过太多韩剧的我决定：要么孤独终老，要么改变自我。我要主动撩。

今年二月二那天，为了新年鸿运高照、桃花开遍，我去换了个发型，烫了个温柔无比的内弯，瞧着镜子里的自己真是越看越自恋爆棚。

顾盼之间，和镜子里给我烫发的帅哥对上了眼神。话说这男人已经给我理了很多次头发了，可却连个交集都没有。

想想也是，每次我来都不怎么搭理人家，他也一直温柔本分地照顾我的头发。估计在他脑中只有我后脑勺的样子吧。

俗话说，邪从胆边生。那天，我仗着新生的姣美形象，看着镜子里他简单干净的眉眼，禁不住悠悠地叹了句："帅哥，你皮肤真好，我就比较黑。"

他闻言，微微一笑，依然温柔地摆弄着我的头发，淡淡回了句："你也不算黑啊。"我紧接着："你怎么会懂我们这些'黑珍珠'的忧伤？"

帅哥于是轻笑起来，打开他的话匣子，继续问道："你还在读书吧？"我心中暗喜，顺势在镜子里露出一个略带羞涩的傻白甜微笑："你真会说话，我都毕业六年了呢。"

那一刻，帅哥来了兴趣，开始对我正眼相视，把我这张娃娃脸看了又看，最后无比感叹道："可是你看起来好小哦。"

我低头做娇羞状，被自己将要放出的话激红了脸："我之所以看起来这么小，一来是还未有过多少社会经验；二来呢，我还是个黄花大闺女，所以看起来显得比较嫩、比较小。"

此话一出，我看到镜子里的帅哥，他的手明显停顿了一下，白净的脸上竟有点泛红，显得有点不知所措。我故作不知，帅哥也继续整理我的头发，却似乎总有点心不在焉，眼神时不时在镜子里飘来飘去。

我逞了口舌之快，也知道见好就收，就此留下几个温柔微笑让他回味。

至少，每次我从他们理发店经过，碰到他的眼神，都意味深长，暧昧成谜。

牛刀初试，我算是彻底明白了那句老话"女追男隔层纱"的深邃内涵。尽管小心脏跳得快要自杀，但我还是把它摁回去塞好，故作镇定。

当天，他要了我的联系方式。

— 2 —
在撩与被撩中识得男人心

和其他事一样，撩汉这玩意儿，你不试就没机会体验其中乐趣，就不知道自己的情商潜力，更不会得到可以拿出来秀的实战经历。

首战告捷，我要再接再厉，继续练兵。

由于对囤积了一个冬天的肥肉忍无可忍，于是我邀闺密颇有心机地一起办了健身卡，去开辟拥有众多美好型男的新天地。

健身房里，我看到无数帅哥，要身高有身高，要胸肌有胸肌，要蛋蛋……允许我先悄悄咽一咽口水。

一次我正在跑步机上快走时，一个帅哥站上了我旁边的跑步机。我偏头一望，小心脏禁不住一颤，被颜肉俱佳的男人倾了城池。后来，大概是我美目传情太到位，他主动要了我的微信。

礼尚往来，我开始主动出击，一来二去，我们在微信上打得火热。帅哥终于忍不住发给我一个血脉贲张的视频。

视频中，他赤着上身，站在镜前自拍：缓缓抬起手臂，然后弯曲展示各种肌肉群，并趁机抖动两块胸肌，在努努嘴露出一个坏笑后，这厮竟然开始脱自己的裤子，露出胯部诱人的曲线……

本来意在撩人，结果却反被撩。视频看得我这个黄花大闺女小鹿乱撞，面红耳赤。

还好没面对面，我有时间调整呼吸，回神儿后发现自己其实并没那么喜欢肌肉男。于是我关掉视频，给他发了一个消息："帅哥，肉太多，有压迫感，不是我的菜。"

帅哥很快发了个白眼过来，接着一句话："不是你的菜，那是你闺密的菜吗？"

那一刻，我才反应过来，真是江湖险恶，我是遇上老司机了吗？

那次之后，我总结出了经验：自恋不可少，但也别聪明过头；**主动没错，但也要懂得欲擒故纵。**

男人最擅长边装傻边潜伏，毕竟他们这个物种千百年来可是以打猎见长，对待男人，我们还是得有两把硬刷子才行。

所以，不要总对着星座瞎研究了，也不要看了啥热剧就套自己身上，有时间不如去读读渡边淳一的《男人这东西》，**知己知彼才有撩赢的本钱。**

— 3 —
撩起来让生活更有趣、更快乐

其实大多时候，"撩"除了为着终身大事，掌握合宜，"撩"完全可以当作一个毕生志向来操作，成为调剂身心、越活越美的修炼之道。

首先，自信让你敢去撩。当两人建立连接交流时，好似两个能量场的碰撞，兴许就能撞出一个别样的自己，发现前所未有的潜能。这种正能量反过来会加强自信，形成良性循环。

其次，主动向外界展示魅力，完全有利于增加荷尔蒙和多巴胺的分泌，皮肤和心情都会跟着改善。

而为了随时有机会展示最好状态，你一定也不要懈怠，健身护肤不落下，读书观影攒内涵，时刻准备着撩汉子个措手不及。

生活太苍白狰狞，我们就得"厚颜无耻"点儿。摒弃那些老思想吧，只要撩得巧妙又有思想，女人主动并不掉价，反而能先人一步赢得良人心。

进展如何？我想你一定会这样问我。尽管还是没有找到男朋友，但我已经有好几个备选对象——相信这个春天，我会迎来自己的人生之春！

唉……其实，姐撩的不是汉，是活生生的寂寞啊。**与其寂寞，不如撩汉**。

讲述者：April

9.当灰姑娘没嫁成白马王子，她该怎么办

— 1 —
没想过要嫁个有钱人

诱惑最大的魅力往往在于，有时候我们明明知道它是诱惑，却还是选择了身不由己，奋不顾身……

我和林浩同时收到了安易的请帖，照片上的安易笑得明媚，一如十年前，我们18岁的模样。

外语学院的女生大都比别的学校漂亮些、傲慢些，我如此，安易就更是如此了。

在那个所有女孩儿都努力着一点儿一点儿把自己装点得堪比百老汇演员的大学校园，几乎每个女生都曾暗自评估过自己的身价，她们那么努力那么优秀，一层一层地把自己身上镀得金光闪闪，幻想着自己的锦绣年华。哦，还有金玉良缘……

安易却和我们所有人背道而驰。明明是长发飘飘，明眸皓齿，宛若神仙姐姐那般有几分清纯、几缕仙气的女孩儿，却从不曾学着化妆，学着让自己才华横溢。

一起喝咖啡的时候，安易和我说："我没想过要嫁个有钱人，我是农村姑娘，只想着能顺利毕业，将来找个门当户对的人儿，一起为一套80平方米的房子而奋斗。"那个时候，安易笑得浅浅的，一笑一颦，惊艳了我的时光。

可苍天似乎最爱开玩笑，一心期盼着嫁入豪门的女生如我，根本没有吸引到哪个公子哥的注意，反倒是安易这样一心平凡、不食人间烟火的仙女，把林浩这个世间少有的翩翩公子迷得神魂颠倒。

两人的相识并没有多么惊心动魄。依旧是个明媚的午后，在校园里狂奔的林浩冒冒失失地撞到了安易，一起撞到的，还有安易怀里那盒刚从超市里买回来的咖啡。

才子佳人的故事在开始往往平淡无奇，却火花四射。公子教养好，要赔咖啡；才女心气高，要还咖啡，一来二去，二人就熟识了。

林浩似乎更是一见钟情，打着赔咖啡的名义要到了姓名、号码，咖啡没赔，名牌包包倒是不要钱似的往安易怀里塞。

安易说，她没想嫁个有钱人。

可两人最后却还是牵手了，**真爱面前，哪儿还有什么原则**。

— 2 —

这才是生活的真相

林浩对安易是真的好，像对待公主般伺候着。有冒着热气的温情的白粥，带着些许浪漫的玫瑰，还有霸道总裁式的金卡，让我们这些成天幻想着白马王子的姑娘，见识到了偶像剧里的生活。

一切似乎都在向好的方向发展，林浩几年如一日的柔情蜜意，安易名下越来越多的房、车、珠宝。我们开始相信，**真爱是不分阶层的，也是值得祝福的。**

大学毕业，周围的朋友都找准了自己的人生轨道，结婚生子，一个个曾经风华正茂的少年，终于还是臣服在了现实的魔爪之下，浑浑噩噩地开始经营起了自己当年最讨厌的日子——嫁个忠厚丈夫，工作稳定不出错，那种一眼望到头的生活。

然而，安易的日子并不比谁快活多少。除了千篇一律的刷卡享受，林浩的甜言蜜语日渐重复、苍白。而林浩的钻戒，似乎永远都在筹备中。

安易也并不着急，本就是水到渠成的事儿，也早就提前过上了仿佛豪门少奶奶的生活。那一张证书，一个仪式，对于海誓山盟的两个人来说，似乎没了存在的价值。

直到那日，林浩有些愧疚地对安易说："我爸明天要回国，你先去酒店住一阵吧。我不想他觉得我私生活混乱。"

私生活混乱？这几个字把安易惊得晕眩。

安易没去酒店，倔强的姑娘要证明自己。她偷偷跟着林浩的车来到了机场，当林浩父母出现的那一刹那，安易从他身后钻了出来。

安易这个不速之客迅速让场面尴尬了。林浩父母面面相觑。但富人的情商很快让他们镇定下来。

"……这是我的女朋友安易。"为化解尴尬，林浩向父母介绍了面前这个看上去比他们更惊恐的姑娘——惊恐中带着一丝绝望的倔强。

好在林浩父母从机场去酒店的一路上对她不错。

见了公婆，接下来是不是就该结婚了呢？

就在安易满心欢喜地幻想着盛世婚礼将至的时候，她被婆婆喊到了房间谈话。

不是一个长辈对媳妇儿的训告，而是请帮忙，婆婆让安易帮着自己多年来已经当作丈夫的这个男人写请柬。新郎是林浩，新娘的名字不是她。

错愕，崩溃……她不敢相信，比电视剧桥段还要戏剧化的一幕，会在现实生活中出现。

"安易，对不起，你知道，我这样的家庭是不会允许我娶一个普通姑娘的……以后，我们还可以在一起吗？虽然没有名分，但我会把一生的爱都给你。"

林浩说出这些话的时候，安易转身走了。心碎的声音，只有她自己听得见，而一直把她蒙在鼓里的林浩，应该早就料想到了今天的结局。

"一开始，我就没想嫁给有钱人，只是恰好他是有钱人。我是真的喜欢他。"还是那个有着傲气的才女安易，只是生活的真相，容不得文艺女青年的爱情梦想。

— 3 —
灰姑娘的骨气

安易搬来和我暂住，终日以泪洗面，眼睛肿得遮住了原本神采奕奕的双眸，再看不到往日的光泽。但是再痛，也要逼迫自己离开。

这是作为灰姑娘的骨气，更是对这份初恋的祭奠。

接下来，林浩曾象征性地打了几个电话，我们都默契地没接。

后来，安易变卖了名下的房产，回到了农村。不久之后，林浩也在父亲的安排下娶了那个门当户对的名门贵女，两人从此了无牵挂。

然后，我们就一起收到了安易的请帖。

婚礼那天，安易挽着新郎来敬酒，笑得天真无邪，像个孩子。看上去，那是她真正喜欢的人。

没有听信林浩的安排，躲在他身后做一辈子有实无名的"爱人"，而是去选择自己的人生。

我知道，那一步迈得并不十分容易，出身贫寒，有多少姑娘可以离开钱，又有多少姑娘可以离开爱？

林浩眼里闪过几分惊讶，几分痛楚，似乎想说什么，却只是撇了撇嘴唇，将杯中的浊酒一饮而尽。

我似乎又看到了当年，在午后的咖啡厅，安易有些得意地说："我没想过嫁个有钱人。"

我们都曾不如安易睿智，清晰地知道适合自己的人是什么模样；我们也曾羡慕安易好运，天生丽质难自弃。可到故事的最终才发现，我们的故事都一样，纵是天赐的良缘，也会太辛苦。

灰姑娘有两种，努力的和不努力的，以及随缘的和攀缘的。

安易的人生范本是另一种可能，始终做自己。失去白马王子的爱，她不沮丧、不纠结，回到家乡踏踏实实相亲、恋爱、结婚。

只是不知道林浩，后来他幸福吗？安易婚礼为何要叫他，他又为何要去？

讲述者：Dino

10.单身再久，我也不愿将就

— 1 —

因为爱情而结合，才是有意义的婚姻

每到情人节，都不得不承认我有点小失落，办公室的小伙伴们讨论下班后的约会地方，浪漫的晚餐，温馨的房间……

而我估计在办公室加班，然后回家躺在沙发上看看无聊的韩剧，平时约个朋友吃饭不是难事，那天该约谁呢？还真不知道。

林心如、霍建华大婚的时候，微博上一波谈恋爱不愿将就的话题，让我想到我的一个好朋友——萌萌。

她大学时就很勤奋，一边学习，一边工作，总是见她忙碌的样子，开心的样子。

我问她："最近怎么样？"

她总是笑着说："挺好的，都很顺利。"

事实上她真的很优秀，第一份工作是销售，一年后就是销售总监，26岁就成为一家集团公司的总经理。她事业突飞猛进，业余的时间也是学习、健身，一直保持苗条的身材，充满自信，身边的人都说她很有气质。

可是很少听她说感情，偶尔谈起，她就说她相信爱情，现在还没有遇到那个对的人。喜欢她的人应该挺多的，她都拒绝了，说是不要耽误对方的时间，从不拖泥带水的。

在她30岁的时候，仍然没有男朋友。

我亲眼看见过年时，她的父母拿着一摞男生的照片在她面前的桌子上摆来摆去，嘴上还一直说着："别挑了，一个女孩子都三十了，还不着急，再不结婚多让人笑话啊。"

事实上，我并没有感觉到她着急，反而看到她在事业上更多的努力，在其他方面也不断提高自己，唱歌跳舞、文学艺术都有独特的见解，我感觉她变得更优秀了。

她的理论始终都是，因为爱情而结合，才是有意义的婚姻；能遇见他是幸运，还没遇见就再等等呗；如果因为年龄——一个数字就要找个人凑合，这样的感情还是不要了吧。

— 2 —

你终会遇到你憧憬的他

在35岁的时候，她一脸笑容地说，准备结婚了。

她说："我很爱那个男人，天天惦记他，想着他，和他在一起做什么都好，我以前不喜欢做饭，我现在愿意为他学做菜，做他爱吃的饭菜，还学会他老家的地方菜，看见他吃饭的样子我就很开心，握着手到天亮都不愿意放开，原来深深地爱着一个人是这样的幸福，我总算是等到了我想要的爱情……"

话还没有说完，她男朋友就来接她，然后就把我扔在咖啡厅里，挽着对方离开了我的视线，我为她感到特别高兴的同时，也开始羡慕起来……

林心如今年已经40岁了。我一直好奇，一个公认的女神如何做到面对众多压力，依然坦然、耐心地等待爱情？

我们替女神恨嫁了那么久，还好最后得知婚讯时，她嫁给的不是什么七旬老翁，不是小她十几岁的小鲜肉，也不是情史像本教科书的多情浪子。

还好她不愿意将就，最后终于嫁给了幸福。

我们单身是因为相信爱情，相信有一天一定能遇到属于自己的爱情。

怎么能因为孤单寂寞，便和一个自己不是很喜欢的人确定恋爱关系？

恋爱伤人？会不会是我们开始得太轻易？

我们这些对感情看似冷漠、时时刻刻不肯将就、对情感有洁癖的女孩，其实知道自己想要什么样的生活，只是现在身边的他们还给不了。

我们不介意单身，不介意自己独闯生活中的一些难关，从来不会因为怕什么寂寞就随便和人谈一场恋爱。

我知道我想找到的是足够出色的人，但是当我发现自己还不够好的时候，我觉得现在的我还遇不到那个我憧憬的他。

一旦全心投入地爱了，爱情的格局也就定了。而我们都知道，过早地做决定从来都是一件有风险的事情，尤其是那个人未必值得你赌。于是，就有宁缺毋滥的态度。

与其带着不爱的备胎奔跑，不如一个人洒脱利落；与其浪费时间调教迟早会成为别人老公的人，不如多去感受这个有趣的世界；与其让一段劣质的恋爱把自己折磨得筋疲力尽，我还是选择全心全意爱自己吧。

单身这条路走得再久，我也不愿将就。

讲述者：一一

11.喝最烈的酒，爱最爱的人

我答应给你写一百封情书，我食言了。

你答应过娶我的，你也食言了。

嗯，我们扯平了。

——写在前面

不爱一个人好像需要无数个理由，爱上一个人却只有一个理由，就是我想爱（上）你。

你还记得我们第一次见面的情景吗？

那是在2012年的末尾，距离春节一个星期的样子，那天下很大的雨，大到我不太能看清你的脸，却隐约地觉得自己会跟眼前这个男人发生点什么。

在酒吧的灯红酒绿中，你伸过手来邀请我跳舞，那一刻我想我动心了，即使只是第一次见面。

然后，我们顺理成章地开始发短信，那个时候微信还没有像如今这么盛行，大部分时间都是发信息谈论音乐、电影，在某一个普通得不能再普通的午后，收到你表白的信息，我就突然慌了神。

意料之中，却又有意料之外的窃喜。

认识你之前，我是个典型的"坏女孩"，会抽烟、喝酒、文身，会因为寂寞而恋爱。

认识你之后，即使你说不会过于干涉我，我还是戒了烟，不会在没有你的场合喝酒，我知道你不喜欢。

我平时话并不多，喝了酒却喜欢说胡话，喜欢吃你不爱吃的火锅，不喜欢你爱吃的面食，你打游戏的时候我总是捣乱，你也并不喜欢我爱看的电影，可这又有什么所谓呢？

爱情就这么来了。

你都懂得，懂得我的欲言又止，也懂得我的欲说还休。

很多人问我喜欢你什么，我总是说因为你懂我，我们在一起的时候我不用去想晚饭吃什么，也不用在饭馆吃饭的时候嘱咐要多加辣；我说我渴了你就会拿来冰红茶，我拉拉你的衣角你就会回过头来牵我，甚至一个眼神你就会知道我是想要亲吻还是要拥抱……

你总是能记得我所有的喜好。

你也会在我生日时，给我惊喜；会带我去你曾经生活过、玩耍过的地方；会猜到将要上映且我会喜欢的电影，然后提前订好票；会在我生病的时候，守在我身旁；会在我不开心的时候，第一时间赶到；也会在我任性闹脾气的时候，搂着我笑……

而最让我觉得温暖的是，不管我怎么闹，只要我说"我想你"，你就会问"你在哪"。

因为懂得，所以慈悲。

只是后来，一切都变了。

当我习惯在家里养着绿竹和百合花，习惯吃以前不喜欢的水果，习惯在临睡前冲一杯牛奶，习惯在垃圾袋上打结，习惯放着音乐做饭，习惯一个人做所有的事情……

方才想起，你已经离开我很久很久了，我却习惯了你所有的习惯。

就像《春娇与志明》里余春娇说的一样："我被你影响到，我自己都不知道被你影响了。我很努力去摆脱张志明，最后我发现，我变成了另外一个张志明。"

在你离开我的一年零九个月之后，我活成了你的样子。

最后送给大家一句我很喜欢的话：**喝最烈的酒，爱最爱的人。**

讲述者：韩江雪

12.寒江钓雪，独自存活

— 1 —

玫姨要结婚了

听说玫姨要结婚了，我心里不知道是种什么感觉。

玫姨一直一个人过。一个人去买几只蛋，一小把葱，一疙瘩大小如小孩儿拳头的肉。一个人将嫩嫩的黄姜切成丝儿，将小葱一根根理齐，洗个十遍八遍。之后，她一个人开始将肉仔仔细细地斜切成块，炒好的盐和花椒加点酱油、料酒、五香粉、胡椒粉，仔仔细细地抹在肉上，她家罐子里的腌肉左邻右舍都没少吃过。

于是，有人尝尝，便会说："阿玫一个人还不省省劲儿，费那么些事腌肉，不就她一个人吃吗？"若久不尝尝玫姨的小私房菜，人也会说："阿玫一个人过得到底恓惶，老长时间家里连热气儿都不冒。一个人，总也凑合吧？"

远远瞧见玫姨走过来，林荫下歇凉的人嘀咕："瞧她这脸蛋儿，岁数怎么不往人家脸上长啊？""指不定动过针头和刀子呢！"有差不多年岁的女人抱着怀里的孙儿轻轻颠着。

模样再俏，也不中用啦。阿玫怕是有四十七了吧？跟五十来岁的人聊，时不时她们还会聊到阿玫当年的"浪"劲儿。

她高中没毕业，就跟了朋友漂去广东打工，和一个青年艺术家爱得死去活来，常常断炊，被迫从地下室转战火车站候车厅过夜。三年后，阿玫回来了，她看上去没有传说的那么惨，反而神采奕奕，比以前出落得更好看了，开一辆扎眼的小红车，笑嘻嘻地和邻居们打招呼。听说她有钱了。后来，阿玫本性难改，在人们都以为她该成家过日子的时候，她又一次出去"浪"了。

阿玫的生活很热闹，不是和邻居家一样厨房里油罐碰着盐罐的声响，是每天清晨五点半的舞蹈，深夜里翻译的外语材料，台灯下为杂志社写的游记，日记本里计划好的下半年的南非之行。

人问她准备啥时候结婚啊？她永远笑嘻嘻地说："快了，快了！"

这时阿玫已逼近，人便来不及似的鼓动怀里的孩子："叫哇——叫奶奶好！"孩子们立刻一片呱呱声："奶奶好！"

玫姨佯装生气地摸摸小孩的脑袋瓜："叫玫姨！奶奶不敢随便叫哦！"

我们一家都是认识阿玫的，她住我们家楼上。我从认识玫姨起就喜欢她，那是一种神秘的迷恋。神秘主义者不能赞同俗世的价值，如同麒麟永远不能有如同蚂蚁和蜜蜂的作为一般。我这样揣测。

我去过离异后独居的赵阿姨家做客。她家地毯上撒着七个软垫，一打可乐易拉罐如同保龄球场，饭厅的小桌上还发酵着隔夜泡面的味精汤。她相当热情地拉我和我妈坐在客厅的沙发里，我必须十分小心，才不至于踢到茶几下的酒瓶子。

接下来的三小时里，她海阔天空地和我妈聊起时下非常火爆的一部家庭伦理剧，关于剧中怨妇如何成功逆袭、智斗小三华丽复位的恩怨，我记得不太清楚了，但是那位阿姨眉飞色舞的鱼尾纹和肿眼泡似乎和热热烈烈的欢谈形成一种相当悲壮的对比。

我妈说她离婚有一年半了。为什么离婚？男人嫌弃她家庭主妇的工作不合格，卫生的离谱程度就和她自己身材和脸蛋的放任程度一起江河日下。结果……我从那时起就感受到了独居女子的寂寞，十分可怜。还有，女人过了四十岁，她的婚姻没有回春的可能性了吧。

玫姨呢？她没结过婚。

一个长相很好的男人敲着玫姨的门，我妈打开门，嚷了一嗓子说："多敲会儿，阿玫在家！刚才还听她的歌剧在我头上闹。"男人不好意思地走了。过几日，换了另一个长相不错的男人来敲玫姨的门。玫姨从未把这些"是非"放进屋。她不傻，才不会把自己的时间、精力、名声白搭到这些没用的小白脸上。她曾经教诲我妈："人，就是要活得傲气一点、美气一点。"

我突然想起杨澜。杨澜出国念书那会儿，遇到的房东莎琳娜太太是一个很苛刻的中年女人。她规定杨澜晚上12点之前必须熄灯睡觉，规定如果不穿戴整齐就不准进入她的客厅。杨澜非常讨厌莎琳娜这种所谓的英伦女人的刻板。有一次刚洗完头的杨澜，因为违反莎琳娜的规定而与其发生争执，一怒之下在睡衣外随便裹了件大衣就摔门而走，冲进一家路边的咖啡馆。坐在杨澜对面的是一个英国老太太，她看起来比莎琳娜更加讲究，有着女王一样尊贵与精致的气质。老太太并没有看她一眼，而是从旁边拿了一张便笺，写了一行字递给杨澜：洗手间在你的左后方拐弯。杨澜抬头看她，她正以十分优雅的姿态喝咖啡，依旧没有看杨澜半眼。这一刻的尴尬，让杨澜第一次觉得自己不被尊重是应该的。

— 2 —
我要做个漂亮女人

玫姨在舞蹈学校兼任老师，我也跟她扭过几下。舞动着的玫姨让我痴迷得够受。她的皮肤是那种阴郁冬日里浮动的阳光，神情中有她少女时就有的美丽，像一种痛苦那样闪现在她修长的脖子上，她躲闪着痛苦而小心仰着下巴。肌肤之下，骨髓深处，那流水似的绰约和缠绵，冷霜细雪一般的孤傲已复生。

无意间地，玫姨讲起她的一些往事。她年轻时和那个带她去闯荡的男人，真的狠狠爱过一场，后来男人的老婆大闹，威胁丈夫要让他身败名裂，那个默默无闻的小职员最终灰头灰脑溜回了家。玫姨说："我还以为那就是爱情呢。"

"那，还爱不爱？"我问她。

她说她因为生气，又因为想争气，坚决不回乡。白天，她在饭店里不间断地刷盘子，晚上去一个舞蹈教室打扫卫生。她偷偷学习，拼命在饭店狭小的住处练习。因为她人漂亮又勤奋，终于跳出了些名堂来。后来，她还干过群众演员、礼仪小姐、临时模特、酒店公关，累是肯定的，但她咬着的牙始终没松过。

玫姨说她一直挺臭美的，但是家穷，她在大城市里飘浮，看到熠熠生辉的橱窗里那些华美的衣饰，总是不甘心仅仅想象着穿戴它们。她想真正地穿着它们，昂首走在大街上。

玫姨微笑地看着我说："我要做个漂亮女人。"

三年，不算长也不算短，想来已成隔夜清霜。不自知间，她已**熏染一身坚韧傲气，却又知温柔谦逊之美**。

有一次深夜提及幼时的挫折与伤害，玫姨说她被同学孤立，有个关系要好的女孩暗地嫉妒她的成绩和漂亮脸蛋，因为一点小矛盾就四散流言，说她跟班里的某男生有见不得人的关系，还把她的日记从窗口扔了出去。那天她什么也没说，一个人走回家，一个人做作业。门从黄昏掩到午夜，眼泪就掉下来，把钢笔字洇成一块一块的暗斑。

那时已经是凌晨一点，一杯热牛奶已经凉了。玫姨平静地说，我听得委屈辛酸，泪珠滚滚……她却如云烟飘散般清远，只说都已过去，都是孩子，欺负你是因为你的好……**有时候揭露太具杀伤力，总把人揭露得体无完肤过后是会留伤痕的**。她伤，我也伤。朋友和朋友明争暗斗一辈子，就是因为他们不懂得有时候必须得饶人处且饶人。虽然理直气壮的邪恶也是能征服人的，但是老子说上善若水，厚德载物……

我见玫姨的眼睛忽然湿润了。那些年轻的日子，那些纯白的还没在她心里消散的日子，那些她心存痴想、一厢情愿的日子，在那双湿润的眼睛里飘忽而过。

痛苦是一种重量。我们不能活得太轻了，必须背负这样的真实。就好像一位优秀的医生需要握住一支有足够分量的钢笔。给人开药方，手上得掂个重东西。如果一个人不曾感受过爱和背叛，产生痛苦，怀有羞耻之心，那么他和植物没有区别。

伪装成没有痛苦的人，怀揣着一种怎样可怜的坚韧？

那天深夜，只有我和她，还有窗外黏滞的风……还有露台上繁盛的玫瑰树，月色浴得它闪闪发光。我们的亲近发展得比种一棵玫瑰还慢。突然玫瑰满树是花了，我才明白我一直没闲着，多少次来浇水。

而玫姨，花开是给她流深的静美润出来的。鲜红的花朵，一朵一朵像歌剧里的蝴蝶夫人，盛装坐在苍老的枝头，矜持，艳美，一言不发。

有时候我们彼此看一眼，眼神交会的刹那，一切明了——每个人都活在自己的世界里。也只有坚定地活在自己的世界里，才能保持清澈独立。

一个钩抛出去，面对那么多光怪陆离，还有蝇营狗苟，该如何垂钓都是问题。寒江独钓，胜过在人群熙攘的水库大肆撒网。**没有一个人的生活在歌舞升平里不经受刻薄与荒芜的。**

有时候我们不能让旁观者感觉愉悦，有时候我们无法让别人理解和顺遂自己的心。心里所有的，本身究竟不容易阐述。

那是一次极难忘的谈话。玫姨什么也没有问我，我亦没有说。

她给我解了个名儿：有个老人在钓雪。北风吹得峭拔千山与万径皆成白雪，而玉色亦是江水寒光静影，那安详辽远把一切都停住了，这不是悲喜欢愁，而是飞鸟游鱼，蓑笠苍茫，天地万物都黝然起来了，而古往今来世事浮沉，就如同孤舟一芥，荣辱半生，皆成梦幻。回首光阴，浩浩白雪寒江无边无际无着落，隔了人世。他独坐了那么久，以至于有人以为他已经睡着了，死了。寒江钓雪，独自存活。

寇德卡说："我不习惯谈论自己。对世间的看法尽量不在意。**我知道自己是什么人，不想成为世俗的奴隶。**如果你总是停留在一个地方，人们就会把你放在一个笼子里，渐渐地希望你不要出来。"

— 3 —
以自己喜欢的方式过一生

婚礼那天，我看到人们推阿玫上去跳舞。她像多年前一样年轻。人头攒动，熙熙攘攘，底下是一片黑暗。

阿玫笑了一下，说自己现在生得很了。她深吸一口气，决定开始跳一段。起初不过是强作镇定，但逐渐忘却了人群，在一束艳红的光芒中起舞，不露声色，倾情投入。直到黑暗之处变成了一片白雪茫茫的寒江，再也见不到一个人。肉体也融成光束中的雪片，四处飞扬。阿玫的脚尖跳跃在人头的涌动之上没有多少距离。她无法被触及，也无法被中伤。掌声和嬉笑，此刻都是一汪纯白。

也许我们都该选择让自己开心或者甘愿的事情，不然就会为云遮挡每天升起的太阳一样，引发困惑和忧虑。**如果眼睛生来是为了观看，那么美就是它们存在的理由。你为什么在那里，钓雪的女子？**我从未想起要问，也从来不知道。

不过，以愚人之见，把美和智慧带来的神明，也把你带来这里。你冷，痛苦，你的心很大，很软。你专注地垂钓，钓起了寒江的雪，钓起了银白的焰火，钓起了风骨和高贵，钓起了感恩和宽悯、一意孤行的真实和自由。

玫姨要搬走了，搬去一个二线小城下辖的镇子。

她憧憬以后的生活，说要收养一对小孩子。清晨煮粥打扫，去集市买蔬菜水果，午后小憩，读一本书，泡蜡梅花的水。晚上相伴丈夫在庭院看月亮。寒夜客来茶当酒，竹炉汤沸火初红，一夜酣畅对谈。鸟声清悦，枝折雪落，不知何时困倦而眠。

醒来的时候，以为过完了一生。

讲述者：小禾

13.不是所有的爱，都要飞蛾扑火

— 1 —
关于袖钉的故事

认识小禾是在三年前，这位姑娘曾在我的网店里定制过一对虎眼石男士袖钉。

宛如日常，对于意大利手工定制的品质，一直满获客户的好评。到货后，小禾姑娘却问我可不可以退货。

我立刻致电给她。

小姑娘很不好意思，磕磕绊绊地说："因为是送给一个很重要的朋友，所以不想有一点瑕疵，也或许是自己要求太完美……"

我说："没关系的，给你换货，而且我多选几个给你，挑了喜欢的，剩下的再邮回我。"

她特别感谢，后来又写了长长的好评，并专门嘱咐我说："要是觉得不够，还可以追评哦。"

我会心一笑，赶紧说："不用，不用。"

我用手机号加了她的微信，就这样，这个说话柔柔腼腆的姑娘，三年来成了朋友圈动态里时常会关注的一位。

有天刷朋友圈，恰好出现一张小禾姑娘在落日余晖街道上的配图，便打招呼过去，小禾回复说："耳朵现在有空吗？忽然想分享个故事给你。"

我很意外："太巧了，正好有空，需要我给你打电话吗？"

禾姑娘说："不好，还是把文字发给你。"

"文字亦好，那就有劳了。"

于是我坐在露天的阳台，用一杯咖啡的时间，听到了有关这个袖钉的故事。

— 2 —
跨越时空的温暖，终不免相忘于江湖

小禾说："我与他相识五年。那是刚本科毕业参加工作的第一年。初入社会，以及对基层工作困惑和无法处理的人际关系像大山一样压在心头。"

她说，那是一段逆心成长的岁月，最难熬的一天深夜，自己边上网听歌边默默落泪，忽然QQ上弹出来有个人要加好友，从不加陌生人的她，鬼使神差地通过了验证，紧接着把满腹委屈道给了一个素不相识的陌生人。

语及末了，小禾说，虽然很感谢他，只因从不加陌生人的习惯，还是决定要把他拉进黑名单。就在道别后，那个人回复了这么一句

话：要不要切断联络是你应有的权利，可是能不能有个小请求，听一通电话，一分钟就好。

就这样，她鬼使神差地把手机号码给了一个陌生人，暗夜笼罩下的走廊，真的接到一通一分钟的电话，电话那头传来一个男人的声音，这样说道："小禾啊，哥哥现在在芝加哥一幢很高很高的楼里，你看喏，现在这边阳光明媚，街上很多车来来回回，应该都是在上班的路上吧，嗯，我还看到一束阳光打在玻璃窗上，正好反射了一道光，好啦，哥哥的时间大概也到了，你要好好的哦。"

她说："你相信吗？我竟然痊愈了，因为这一句话，我竟然全好了。第二天还买了盆栀子花放在床头。"

我说："我信，那是因为你被温暖了，觉得被这个世界爱了。"

就这样，虽然后来拉黑后不知为何又重新联系起来，但自此每天下班后，她觉得自己的世界被慢慢点亮了，他每天晚上给她讲他遇到的世界角落里的各种故事，她窝在小小的空间里听这个比她大十岁的哥哥给她讲大大的世界，讲他曾经在学生时代的趣事，讲在燕园的种种，也是自此后，她也开始用功起来，学习英文，读书，慢慢找回自我。

一年后，从三流本科院校毕业的她，竟然考上了做梦都想不到的北京大学，鬼使神差地离开了那个县城，来到了他故事里曾经经历青春的地方读书。

"你有见过他吗？"我有点好奇起来。

"五年来见过三次，只要回国，总会见一面，记得第一次还一起开车跑到另外一座城市，吃了顿他在国外一直怀念的小笼包。

"再后来我就留在了北京，工作尚可，一切不知怎的开始慢慢好起来。"小禾继续说道，"就这样，五年来，我以哥哥待他，他以小妹妹待我，因为看到他无名指上那枚历经岁月的婚戒，也努力做到不逾矩。

"有时我也会对相遇这件事充满好奇，每次问他到底是怎么找到我的呢？他总是这么解释：一个link，一个link，接着一个link……找到你。

"再后来，跟大多数人一样，我渐渐有能力在北京买了房、买了车、交了男友，按部就班安定下来。他也总是高兴地陪我经历着每一次的成长和蜕变。

"而真正的离开是三年前，我的婚礼，他回国。本来说是要好好恭喜新娘子终于大喜了，他说'等哥哥回来请你吃饭，包个大红包给你，要等我'。可最终我还是没有等到他回来，便要了地址，把悉心选的袖钉随附信笺一封，作为最后道别，断了所有。连之前约好的见面也一并抹去了。"

"那之后呢？"

"再也没有出现过了。"

"这是全部？"

"虽然无法最终相忘江湖，但那些雨后树叶上欲滴未滴的水珠总会越来越小，直至不见，不妨任何。恰巧前段时间，因工作缘故，领导说有一个很好的机会，问我要不要去？"

紧接着，小禾问："你猜猜，我现在在干吗？"

我顿了下，说："这怎么能够猜到？"

过了会儿，小禾发来："我现在就站在高楼林立的芝加哥市的一幢大楼下，想找找看，看有没有足够的运气，再次遇到阳光打在玻璃窗上恰好反射出来的一束光。你说是不是很傻？"

良久，我用手机一个字一个字认真地敲回复：小禾姑娘，愿你被人真爱，愿你真爱人。愿你懂人真爱，愿人懂你真爱。Stay foolish, stay grateful（谦卑若愚，感恩万物）。

我不晓得，这句话会不会一样温暖到这位姑娘，得到抚顺和宽慰，但总之确是此刻最想表达的感触。

— 3 —

谢谢曾出现，此生不再见

不管你相不相信最后的结局，这世界总是有很多注定要发生的事一样，生命轮回，总有逃不开的太多巧合，巧合太多，才有了人世间那么多值得诉说的故事。

在小禾姑娘给我讲完这件事的第二周，在北京的实体店，我竟然遇到了这枚三年前的袖钉，因为手工定制的独一无二，自小禾姑娘留下后，便再也没有出过同款，况且我也不做定制袖钉很久了。

所以，当那位先生走进店里，把手意外地搭上柜台的一瞬，我一眼就认了出来。

我走上前去，迎面道："先生，您好，您袖口上这枚袖钉是意大利手工定制的呢。"

他很有礼貌地笑了笑："噢，这个我还真不知道。"

"特别巧，我正好认得做这枚袖钉的师傅。"我说。

显然，他特别惊讶。

我定了一下，不知为何竟鬼使神差地紧接着说出了下面这句话："我还记得定制师傅曾经无意间告诉过我，配着这枚袖钉还有一句寓意，翻译后大意是：**谢谢曾出现，此生不再见**……"

然后，这位先生愣在原地良久。

嗯，其实作为故事，总归还有另外一个结局，那就是我最终未能够把鬼使神差的那一句话讲给他。

想必，这位先生此生也未必有机会可以听到了。

宫崎骏在《侧耳倾听》里说："因为你，我愿意成为一个更好的人，不想成为你的包袱，因此发奋努力，只是为了想要证明我足以与你相配。"

在我生活的周遭，鲜有听到这样一段张弛有度、有始有终且结局尚好的感情故事，大多是不对等的伤害，赴汤蹈火的心痛，飞蛾扑火般决绝或者爱得旷世热烈、翻云覆雨。

如此淡淡，却印象深刻。

此后的日子里，这总让我想起小禾姑娘，并开始认真思考有关"相遇""偶然""变好"这些词，并且因为那么多的巧合和机遇，而感知到这颗星球不一样的魅力。

那个让你永远都无法拒绝停止活着的魅力，那个你永远不知道接下来的一秒会发生什么的魅力，那个可以拥有偶然的机会能够让我们遇到让自己想要变得更好的魅力。

这魅力也许是偶然遇到的一本书，也许是一部电影，也许是一句话。也许是，你知道，就那样无意间出现的一个人。

就是这样一个人，像一束光，自然而然地投射大地，这束光也许并不是非得照亮你的内心，只是漫天星辰下，你恰好仰望群星，它透过数亿光年的光芒不偏不倚地投射在你眼中，就在那一瞬间，被你看到，被你感知到，某片小宇宙被点亮。你开始觉得有什么东西变化了，那个变化来自你的内心，让你觉得你需要变得更好，变成像他那样会发光的人，然后努力去成为那样的人。从此，活着变得有意思起来，因为某个人活着，成为生命中不可或缺的感情依赖。

面对世事繁杂充斥的各类情感,这是我所能认可的美好。

也正是这个真实存在的故事,让我依然这样相信,此生足以让我们遇到的,教会你的,未曾接触到的,仍在一起的,已分别的,有过纠葛的,总会有一两个人或一两件事如同海底的矿藏,它不是黑色的,它有火焰,可以焕发光芒。

最后,以三年前那枚与袖钉一同寄出的道别信为结,也是那位先生打开时映入眼帘的一段话:

> 我会把你放在记忆的仓库,如同无法进入大人世界的孩童在旷野中找一个树洞寄放秘密,偶尔浮生瞬间,拿出来晒晒,吹吹流光,又收叠起来,不需要用世俗的网袋常挂客厅,能够情投意合的人事不多,我小心谨慎地让它不沾染尘埃。

> 如果可以坐望光阴两岸,你我并非寻常饮水相识,这不妨碍你愿把杯中的水倾注于我,我也曾如稚子般对着满天的星辰充满依赖,如果有天不得不拂袖转身,那也是因为懂得世俗道义胜过内心万有,更况星辰寂远。

> 感恩曾出现,此生不再见。唯愿今后哥哥日日是好日且拥有快乐。

> 小禾 北京

而所谓上帝的良苦,我想大概就是让目及之处,都充满着向阳生长的爱吧。

讲述者：Zoey Liu

14.我是剩女，我骄傲

朋友猎头黄说："哎，我这儿有个候选人不错，法国留学回来的，准备把他挖去雪铁龙。周末叫上他一起来我家煮饭吃？他单身哦。"

闺密爱丽丝说："今晚我和JP有个饭局，你要过来吗？谁谁谁也去。"

舅妈说："我隔壁办公室同事的儿子也在上海工作，给我发一张你好看点的照片。"

室友Michael说："下个月我们公司有篮球赛，来当拉拉队看看？"

"一条啪嗒啪嗒口水直流的小狗狗，迈着小细腿儿，找啊找啊找鲜肉"——提到相亲和介绍对象，我总是立刻把自己脑补成这条狗。她和所有其他健康的狗一样，遵循巴甫洛夫唾液条件反射原理：听到肉字，口水就到。

"相亲"现场总是无聊到恼人。带着找到男友这样明确目的的人际社交活动，让我觉得自己像是在干坏事。有时，我能察觉到对方对"介绍认识"的感觉同样糟糕。

为什么我们仍要不止一次地赴约呢？

也许是因为孤独，这座城市里的大批剩女开始了摆脱单身大作战——去数不清的单身聚会，建Excel表格记录相亲进展；再翻遍通讯录排查，生怕错漏了一个潜在男友。

有一些人被动地沉溺于对非单身生活的美好想象。粉红色的水晶手链泡在水里晒了一夜月光，每天不离手地戴着，以期盼着哪天有了回响，被热腾腾的肉包子砸晕。有的已经解放了身体，她们从狗哇啦一下变身猎人，满上海滩寻找猎物。还有一部分对男人已无兴趣的剩女，我猜不是嫌弃对方就是嫌弃自己，要么嫌肉太奢侈索性不吃了，要么觉得口感太糙，咽不下肚。

赶紧找个男朋友有那么重要吗？

目光所及，周围的剩女真心觉得这才是她们每年KPI考核的大头。是否有娃晒，有钻戒、车子、房子炫耀是最重要的判定标杆。

找到个男人搭伙过日子有什么了不起的？

有些不服气的单身女开始歇斯底里地"反"秀穿不完的迷你裙和去不完的狂欢趴。余下的是哑了的大多数剩女：负责朋友圈戳屏点赞，精疲力竭地当观众。

我总怀疑剩女的"焦虑、无知和内疚感"是外界强加于我们的，有一个看不见的魔鬼在那儿操纵一切。我们被训练到只相信一种或固定几种的幸福形态。最终为了自我的幸福，我们不得不按他人的建议行事。任何反抗都要受到严厉指责：你太任性，太天真，太不知人生艰难了！

没胆量应对生活本来的面目？没能力适应爱情真实的生态？

饿得头昏的时候，迫切地想要有人在嘴跟前放一盆食，什么吃的都好。吃完了，才知道生冷辛辣，即使嘴巴能凑合，胃也死活不从。吃青菜豆腐的人，消化不掉麻辣牛蛙的。

憎恶依附内心空虚而生的关系，却迟迟找不到那个有精神共鸣的爱人，剩女常常落入这样的恼人处境。

"自大狂式的、急于经历各种体验的、傲慢的自我退化成了表面堂皇、自怜自爱、婴儿般的空虚的自我。"克里斯托弗·拉什对20世纪六七十年代美国和西方社会的个人主义文化的描述，也许在今天同样可以作为中国剩女的注脚。

悲观主义者早早"牺牲了共同的未来"，转而疯狂追求"自我"。

所有单身到最后的剩女发现，只能爱上自己了。

讲述者：土豆

15.你活得不好，可是我能

我亲爱的闺密s小姐，近日向我抱怨被同事折磨了，原因是她前段时间送给自己一个卡地亚的项链，出差的时候弄丢了，于是就又买了一个。结果此事却被知情的同事当作话柄，四处张扬她的血拼史，还酸溜溜地说"她真有钱，上万的首饰丢了就再买一个，我可买不起"云云。

起初，s还辩白几句，说也不是特别昂贵，只要一万多，可是越辩白，那些人越起劲："我们可不舍得买那么贵的东西。"

一件小事却严重影响了s的心情。

她问我怎么能让她们闭嘴？我告诉她："就三个字，我喜欢！"

同样的收入、相似的家境，决定生活质量的是各异的价值观。对我们这一代女人而言，价值观，特别是消费观，是处于一个被撕裂的状态。

我们小时候，大家都差不多穷，电视剧里在宣扬勤劳、隐忍，尤擅自我牺牲的女人，才是值得被爱的。学校里也总被教育要勤俭节约，好像有新袜子不穿，一定要穿破袜子才是对的。

在我们的少女时期，就是每天穿着肥肥大大、丑得要死的运动服去上学，有的学校甚至不允许女生留长发。等我们成为女青年的时候，却是经济空前繁荣，个性可以无所顾忌地肆意表达。

童年时的匮乏感，少女时期美感被强制抹杀和现今五光十色的花花世界，让人无所适从。我们无比渴望光鲜亮丽的生活，却又十分恐惧背离简朴会让我们失去被爱的价值。

于是就出现这样的情景，总有那么一些人即使生活无甚压力，也不愿意为自己买一点有品质的东西。

可以送男友昂贵的手表，自己却拎着磨花了边角的杂牌手袋；可以每周带孩子去上300块一节的亲子课，却任由自己成长停滞；可以花巨资囤积不动产，却让自己穿一身保姆同款，而且看起来雌雄难辨。看身边人添置了物件，就会无比酸涩地揶揄……不仅如此，还要四处骄傲地宣布：看！我的鞋子只要一百块钱！我的钱都没有花在自己身上哦！

"我不值得"是这些人心头盘桓不去的阴霾，对品质生活的向往和较低的自我价值感纠缠在一起，最终让她们无法坦然面对自己的欲望，也消耗了她们的生命力。

曾经有姑娘向我倾诉对未来生活的焦虑，觉得自己充满了无力感。

我问她："你为什么不去想怎么改善？"

她回答："我觉得我搞不定。"

我反问："你是搞不定，还是你不想搞定？"

她抬头看了看我，慢慢地说："是我不想。"

我想这就是某些人的现状，然而另一些人的状态是这样的：

我女朋友小阿，典型辣妈一枚，每天上班操着一口流利的法语跟客户谈合同，下班陪娃捏橡皮泥捏成了一代宗师，每晚必定亲自下厨，再把摆盘精美的菜肴发布到朋友圈拉仇恨。

满满的日程安排，依然阻挡不了她持之以恒的保养、大量的阅读，以及发布穿搭指南真人秀。

我的女神wy身为知名外企女高管，养得好活泼可爱的闺女，照顾得好家中老人，即使每日忙得像八爪鱼一样，还能坚持每日健身，化着漂漂亮亮的妆去听音乐会，还能热心给朋友们做职场顾问。

生活从来就不是件容易的事情，只是有些人能够坦然面对自己内心的欲望，愿意付出艰辛的努力，也相信自己值得过更好的生活。

至于那些想不开的人，曾经的我会建议他们去看心理医生。只是现在，我已经能接受并尊重每个人的价值观，面对那些酸溜溜的羡慕嫉妒恨，我懒得多费口舌。只想引用女朋友小阿的话：吃你家饭了？花你家钱了？

你是怎样，你的世界就是怎样。你今日的勇气，就是未来照进你生活的那道光。

月亮女神：忘记所有，只求内心的平静

第二章

讲述者：雾里看花

1.遇人不淑，只求内心的平静

×××：

我在你家门口又蹲又坐地折腾了一夜，蹲得都站不起来了，门也敲了半天，你觉得你整天这样骗人有意思吗？我没日没夜睡不着，你不是说不打牌还不是跑去打牌了，你这样躲能躲到什么时候呢？这么多年我付出的和失去的，你觉得可以就这样抹去，当什么都没发生吗？

— 1 —
本以为遇到良缘，没想到却是劫难

他是当地地产龙头企业的老板，白手起家，兢兢业业有了今天的成就。他拥有诸多耀眼的头衔，有多少人要看他的脸色行事，更别提案前那些阿谀奉承的人。

权力就是春药。当初，对于大学刚毕业、未经世故的我来说，被功成名就、成熟有阅历的公司老总追求，简直是无法拒绝的"好运"。可我这种从未谈过恋爱的女孩怎会了解情场老手的套路？

他是身家过亿的老板，我是他手下初入社会的小兵。在我们交往过程中，他就有着强烈的优越感，带着无可否定的气场。当他霸道地把我塞进车里，强行夺走我的第一次，然后跟我保证一定会娶我时，我信以为真，感动得落泪。

我以为这就是我的姻缘，甚至开始幻想婚后的生活。即使他对我总那么简单粗暴，很多时候都在打击我的自信心，可我还是说服自己：他只是有点大男子主义罢了，不是什么大问题。现在想想，我真是太傻太天真。他根本就是有意为之，在交往之初就为这段虐恋定了基调：他是主人，我只是他圈养的宠物，他想怎么处理就怎么处理。

在他的"调教"下，我爱得越来越卑微。在他面前，我变得唯唯诺诺，甚至卑躬屈膝。对工作更是不敢怠慢，生怕让他生气，觉得我是个没用的女人。我的自尊就这样被一点点地蚕食。

本以为越乖，他就会越喜欢我，对我越好。可事实却相反，我发现他对我撒谎，撒各种不能自圆其说的谎言。每次我跟他对质，他都像逗猫狗那样哄一下我，或者干脆就无所谓地敷衍我。

更伤心的是，我开始发现他的私生活竟如此混乱，跟多个女人同时保持关系，甚至还有了私生子。

我想过离开，却在一次次反抗、妥协中变得越来越无力。我总抱着他会回头的期望不肯撒手。

— 2 —
三条生命才换来我的醒悟

我们行床笫之欢时，他不喜欢戴套，总是在事后让我吃药。意外还是发生了，当我看到验孕纸上的两条红线时，既兴奋又害怕。我知道他不要孩子，可我又幻想着也许真有了，他就会接受，然后我们结婚。

现在想想，在他背着我做下这么多无耻之事后，我当时怎么还会有那么幼稚的期望。男人如果在最初就露出丑陋的嘴脸，是不可能期望他浪子回头的。

希望终于被打碎，当他听到我说"我怀孕了"时，竟然眼睛都没抬一下，就回了句"打掉吧"。我只觉得浑身冰冷，却还是顺从地答应了。

做人流那天，因为要吃打胎药，所以不能吃东西，而我一大早还要赶去银行办公务，之后才一个人气喘吁吁赶去医院。

坐在医院的椅子上，心里突突地跳着，我知道自己保不住这个孩子，摸着肚子一遍遍地流眼泪。我终于还是吃了药，蹲在厕所里不停地呕吐，后来肚子越来越疼，疼得我在医院长椅上打滚儿。

我忍着体内的牵拉撕扯，用力抓着产床的把手，那漫长的十几分钟，我多想他陪在身边。可我身边却一个人都没有，我不能告诉任何人，而唯一应该在身边的他却正在香港玩得欢。

他回来后到宾馆看我，没有多少温存关怀，只在走的时候拿给我八千块钱。我真想对他喊："你以为你是救世主吗？你以为我的感情、身体和孩子的命就值八千是吗？"是啊，你这种优越感已经将我压榨殆尽，加上身体不适，我终究没有发出一声。

第一次流产没多久，我就不得不去进行第二次流产。我不好意思再找第一次那位他介绍的大夫，只能让怀孕七个月的闺密陪着我在另一家医院跑前跑后。

做完手术后，她把我带回自己家，一间普通的出租屋，屋子里的设施很简单，她老公也是普通的打工仔。但那一刻，我好羡慕她，羡慕她可以过平凡却踏实幸福的生活。也才发现，也许在这份所谓的"爱情"里，我已经迷失了自己，说不清这里面到底有几分真情，又有几分利益。

后面的几次流产已经习以为常，那时候的我就像个木偶，进出医院、上下产床都没了任何感觉。我不让自己去想这些，强迫自己尽快休息完去工作。

我已经变得麻木，只想破罐子破摔，心想你不爱我，我就作践自己，还能糟糕到什么地步呢？那时候的我，就像一只非要把自己的毛拔光的鸟，可是我这样做又有什么意义？

— 3 —
我恨他，我更恨自己

其实，从第一次他让我去流产时，我就已经开始绝望了。我恨他，恨他带给我的伤痛，我更恨自己，恨自己仍旧不思悔改地上他的床、收他的钱。

后来，他开始找各种借口躲我，联系也越来越少。我开始失眠，彻夜彻夜地睁眼到天亮，精神还出奇地好。有时我甚至会想，也许哪天我就突然离开这个世界了吧。

终于，我跑去他家门口，拼命地敲门。我在门口大声喊："你这样骗来骗去有意思吗？我这么多年的付出，到底算什么……"那么冷的晚上，我在楼道里坐了一整晚。

和他相处这几年，我从未要求过什么，倒是他成天信誓旦旦地许着空愿，嘴里流蜜似的说着没有温度的情话，给了我虚假的希望，又结结实实将我扔在街上。

后来，他在电话里提出分手，还让我不要想这些了，要好好工作，那口气完全是领导安慰属下的味道。

我觉得可笑。我把青春给了他，还卖命地为他工作，而他只用三言两语就把我抛在脑后。我竟给自己的人生做了这么一桩荒唐的买卖。

刚认识他时，我还是个洒脱开朗的女孩，还会露出真诚单纯的微笑，而现在，我都不想看镜子里的自己，一副阴郁怨恨的表情。这几年，我的自尊被践踏，信心被磨灭，还有愧对那五条生命的悔恨，这所有的一切都是我一生的耻辱，是对身心不可逆的伤害。

对不起，我没办法忘记，更没办法用"好好工作"这种义正词严的话抚平心里所有的恨。你就像毒蜘蛛，把毒液注入我的体内，让我的人生观、价值观和对婚姻的态度都发生了阴暗的变化。

我保留了最后一点自我，不哭不闹、语气淡漠地挂掉了他的电话。一瞬间，仿佛有什么东西从体内消失。我觉得浑身无力，一个人坐在地上一下午，脑子里不停地播放着我们所有的过往。

我不知道我多久才能走出来，或者还能不能走出来。

人生的路从来都不会按照我们预想的走，我想自己已经严重跑偏。

我现在只想忘记他，只能等时间还给我内心的平静。

讲述者：雾里看花

2.我所经历的爱情之旅

— 1 —
一厢情愿的爱情

我刚上研一时，意外怀孕了。

当时的心情非常复杂。自以为和男友的感情挺好，结婚生子并不算勉强。可是思前想后，我就是下不了这个决心。

总觉得太仓促，慌慌的没底，尤其想到要当妈，我心里更加忐忑，充满惶恐。

后来我去做了人流，身体恢复期间，我们的感情出现了问题。

我责怪他没有坚决留下这个孩子，自己心里也过不去这道坎儿，于是对他逐渐冷淡，两个人开始吵架。

我口不择言提出分手，本以为他会惊愕地挽回，可令我万万没想到的是，一向做事还算得体的他，却开始斤斤计较地跟我算计在我身上花了多少钱。

那一瞬间，我就像醍醐灌顶。突然明白，当时自己为何下不了结婚的决心。

原来我所谓的"很相爱"是我的一厢情愿，根本就是我自己陷得太深而自以为是。

既然如此，还有什么可留恋的？带着身心的伤痕，我搬出了一起租住的房子。

当你已习惯两个人的状态，再重回单身，失恋的伤情和空窗期寂寞空虚的心境可想而知。

— 2 —
重新认识自己

分手那半年，大概是我二十多年人生中最低迷的一段时间。为了生计，日子必须继续，要上班、下班、吃饭、睡觉，但也仅此而已。我就像一个失了心的木偶，白天人前谈笑风生，晚上一个人折磨自己，心里抑郁忧伤得连哭都哭不出来，只能不断地咽口水。

我知道没用，还是去剪了短发，心中有一点点知觉，想让自己尽快走出来。但就是没心思好好照看自己，而且开始暴饮暴食，我的体重直线上升。

朋友们想宽我的心，时不时就叫我出来聚会，给我介绍新人。可我不是那种能迅速在另一段感情里修补伤痕的人。所以每次聚会，我就只是喝酒，喝多了就歇斯底里地哭，借着酒精发泄，不然真的会憋死。可酒醒后，我仍是那副死样子，过着内心黑暗无比的日子。

我一直固执地以为自己是个感情专一深刻的人，不容易走出心结，所以想要恢复就只有这样硬生生挺过去。

直到我遇见一个男人，才开始重新认识自己，重新思考自己对感情和性的态度，重新捡拾自信和勇气。

— 3 —
治愈系的性情故事

他是我好朋友Amy的朋友，大家叫他大K。我和他之间并没有发生治愈系的爱情故事，只有治愈系的性情故事。

我们相识在酒局上，我没有特意打扮，随便穿了件衣服，素颜就去了。第一次见面，我对他没什么特别感觉，只觉得是个高瘦又有点贫嘴的男人。

喝酒时，我一点没端着，喝高了就没了顾忌。海聊时，他告诉我，自己有个漂亮女友，但还是常约美女上床。如果在神志清醒时，我一定会对这种"糜烂"的生活方式嗤之以鼻。可借着酒劲儿，沉浸在酒吧的靡靡之音和炫彩灯光下，我突然觉得这也不算什么，毕竟每个人都有不同的情感方式，都该过自己想要的生活。

刹那间觉得，他如此毫无掩饰，还真有点意思。

那晚，我和Amy都喝得七荤八素。出了酒吧，没走几步，我就犯了老毛病，开始聊我那丧了吧唧的感情经历，然后就开始号啕大哭。

大K一边拍着我的头安慰我，一边给旁边狂吐的Amy拍背擦嘴。就这样，他一手一个把我俩送去了Amy订好的酒店。一进门，Amy倒床就睡，我胃不舒服，迷糊地靠在沙发上睡不着。

可能是太久没被人照顾，也可能是太长时间没和异性这么亲密地接触，当大K蹲下来查看我的状况、跟我说要走的时候，我竟然伸手拉住了他的胳膊。

后来，我琢磨自己当时怎么那么冲动，也许就像那句话说的，身体远比内心诚实。太过寂寞的我，完全不想失去可以贴上去取暖的机会。

飞蛾扑火，不是火太暖了，是飞蛾太冷。

他顷刻领会，瞬间把我拉进怀里，嘴唇慢慢覆了上来，手也开始游移，我的呼吸开始加重……可当他在我耳边轻声问"想不想要"的时候，我保持了最后一点清醒。为了不让旁边的Amy撞上"活春宫"，我伏在他肩上，微弱地吐出两个字——"不了"。

－ 4 －
第一次无爱之性

第二天酒醒后，我还没来得及"检讨"前晚的行为，就收到大K发来的微信，一圈"睡得好不好"之类的问候后，终向我提出了当晚约会的邀请。

本以为会觉得他荒唐，可看到手机屏幕上"约不约"时，我脑子里第一反应竟是"难得我这副鬼样子他看得上"。

捏着手机，对话框打开又关上，我最后回了句："我想想。"

虽然不算特别保守，但我也从未想过约炮这事儿。一想到和一个不熟悉的男人去开房，就觉得尴尬得不行。因为我一直觉得，没有爱的性干巴巴的，怎么能投入，会有多少快感？

可现在我是单身，昨天晚上我又是有感觉的，这该怎么算？

况且我知道他不想跟我发展成情侣，对此我感觉轻松，因为我也没准备好开始一段新恋爱。

再考虑到这就是他习惯的生活方式，即使不和我滚床单，也会跟别人滚，所以根本不存在"我影响他跟女朋友感情"的事。

这样一想，对于跟他约炮这件事儿，我的负罪感就更弱了。所以，尝试一下又能怎么样呢？

或许这就是人性吧，要做一件不那么"正义"的事情前，思前想后并非真的良心发现，而是为能顺理成章地去做而找出各种"正当"理由让自己问心无愧。

人性终是趋向利我的，这也是我在这件事上学习到的最深刻的道理。

做完了心理建设，我的好奇心开始发挥作用。那天下午，我对着手机良久，终于在屏幕上敲下了"几点，在哪儿"几个字，按下发送键的一刻，我心里竟觉得无比轻松。

我们在约好的地点见面，之后就隔着一段不远不近的距离并排走了。这期间沉默得有点尴尬。果然，不喝点酒是不行的。

进了房间，他打开电视，我们分别洗了澡，喝了酒聊了天，之后就做了爱做的事。就这样，我完成了自己第一次无爱之性。

和我预想的完全不同。这期间我没有春心荡漾，也没有忸怩作态，没有感情牵绊，我反而更能释放自己。

因为"我想要"，所以我就做了，就像一次内心能量的释放，一次生理体验，仅此而已。

而且事后我也没有别人说的空虚感，相反，我有些兴奋。

— 5 —

活在当下，活好当下

我似乎重新找到了一种对自己的掌控感，这让我觉得自己是一个特别棒的人。刚开始，我也无法相信这次性爱带给我的积极影响，也许你们根本不能理解，可这就是我的真实感受。

那之后，我整个人的状态开始明显好转：能集中精力做事情了，行动力和决断力都在恢复，那感觉就像失散各地的魂聚了回来。

我开始关照自我，注意饮食并开始运动。头发慢慢蓄长，身形瘦了回来，脸上也有了光泽和自然的微笑。

现在想起时，我已然没有当初抉择时的忐忑犹豫，转而是一种时过境迁的坦然心态。

我不后悔，还有点庆幸。我们彼此投入满足的那晚，成了我那段晦暗人生的解药。我昏沉的灵魂好像突然苏醒过来，并且一点点变得生机勃勃、生龙活虎。

我也问过自己，是不是有时候"没有爱的性"比"以爱为名的性"让人更肆意更愉悦？人与人之间，除了感情连接，单纯的身体连接是不是也是能量传递的一种方式，可以刺激机体新生？那灵肉合一的性算什么，又是怎样一种体验呢？

对于这些问题，我还未有答案。

但经过这件事后，我发现自己成熟了不少。看问题时已不再是非此即彼的片面单调，我开始懂得生活的丰盛多样远超过我们的想象，为何要故步自封？

我并不觉得自己的经历具有普遍性，只是觉得有时候暂时放下界限，也许会看到更多可能性。不管什么样的藩篱都是心障，承认生命的百态丛生，活在当下、活好当下才是对得起这一生的心态。

讲述者：sailing

3.我的十年坎坷感情路

— 1 —
十年坎坷，造化弄人

我，一个34岁的未婚单身女子，渴望爱情，也仍垂涎物质；受过教育，有点姿色，身材高挑，属于有女人味的类型，也谈过几段不完整的恋爱，目前辞职靠借钱和信用卡过日子，但我仍对未来充满希望。

回想当初，青春的自视甚高、骨子里好逸恶劳的劣性，又自恃有点姿色，这些让我在进入社会之后，一面想要物色理想对象，一面没有注重自我的提升。

由于懒惰怕累，我不断换工作，圈子小，所以只能通过大型网络征婚网站的方式寻找对象。在我毕业两年后，开始了我漫漫的网络征婚路，我人生的很多爱恨情仇和感悟也从这里展开……

在婚恋网站，我吸引了很多男人的关注。约会的对象经过特别甄选，我选择了经济实力不错的CEO、高管、私企业主等，经常有不同的男人开着不同的牌子的好车，约我吃饭、喝咖啡、兜风，我的自信心一次次得到膨胀。

对于初入社会的我，被这些关注弄得迷失自我，年轻浅薄的头脑如何能分辨得了哪些是虚情，哪些是假意，哪些是礼物，哪些是陷阱。那时的我正应了一句话：**她那时候还太年轻，不知道所有命运赠送的礼物，早已在暗中标好了价格。**

总之由于各种理想化，到26岁，我还是处女。

我的第一次给了网站上认识的一个A先生，离婚未育男，大我12岁，是一家公司的股东，开辆几百万的豪车，那时也是被车所吸引，不得不承认我骨子里还是爱慕虚荣的。

A先生是一个秃头且有点小肚子的中年男人，不知道为什么我对他很有身体上的欲望，虽然感觉他是一个猥琐的老男人，但我在他身上很有释放感，有时一天要很多次，他有时都感觉体力不支。

但和他在一起，我不敢提出任何物质需求，因为第一次见面的时候，他说比较反感有些女人因为一些目的而接近他，青涩的我害怕他看穿我的心思，于是自作聪明的我从来没有提出任何物质要求，以为他会欣赏我这点，当时我想长久地套牢他。

和他相处了大半年，感觉他越来越冷淡了，那段时间我一心把幻想投注在他身上，当时大部分的注意力就是拼命看他的QQ空间，任何蛛丝马迹我都要查，一旦发觉有点可疑的暧昧，我心中又妒忌又难过，会朝他发脾气。

终于有次他消失了一个多月，我就每天给他发消息说想他，那边没有任何回复，我以为他出事了，让外地的朋友打了他电话，朋友告诉我他的电话是接得通的。那时我很绝望，不知道他到底想怎么处理我。

在痛苦的折腾中过了一个月，那个男人终于给我发短信了，说他没能力承担得起我的这份感情，说他健在的老父亲希望他和前妻复合，叫我不要再在他身上浪费时间。

我在短信里哀求他，说只要他继续和我在一起，我可以不要求有结果。他那边继续选择失踪没消息，因想忘记他，我被其他男人伤害了，从那之后不知道为什么，我竟然对他一点都不再留恋了。

我感觉自己好像没那么爱他，也没那么舍不得他。后来，这场所谓的感情就不了了之了。到今天我都没弄清楚这算不算是爱，还是只是性欲抑或其他。

后来是B先生，我带着梦幻的爱情臆想跑到他的城市去见他，被他不负责任地骗色。从他那儿回来后，我每天看他的照片，翻看我们的聊天记录，憧憬着未来。对方比较冷淡，后来拜QQ空间所赐，发觉原来对方有快谈婚论嫁的女朋友，不甘心被玩弄，也进行了狗血的报复。

也有遇到奇葩的C先生，和他发生一次关系后，他提出让我震惊的要求，他喜欢自己的女人在和他交往期间与别的男人约会，甚至和别的男人做爱他在隔壁偷听，这样他会很刺激，很有快感。不仅如此，他还喜欢女朋友在性爱中玩角色扮演，比如扮演下属、扮演性奴等，还喜欢在这个过程中打女生的脸。

出于对他的一点感情和经济条件的认可，我本来想尝试下讨他的欢心，但和他沟通中发觉他的要求其实是很过分、很恐怖的，已经超出男女之间的情趣玩法，我很担心上床时会不会被他掐死，于是我用仅有的理智删除了这个可怕的跟魔鬼一样的男人。

— 2 —
30岁之后，你要为自己的命运负责

我十年的青春，都不断耗费在这些虚幻的追逐中，走马观花看了不少男人。在这十年里，我选择了一条最舒服的路，但也是最危险的路，因为不去辛苦工作，所以没有事业、没有存款，没有给自己喂养过大脑，没有给自己增长智慧。

现实点说，甚至不懂得把唯一的优势，也就是美貌兑现，和那些男人短暂的交往，我也没有得到任何一点物质的回报。

所以到今天，我仍然一无所有，正如波伏娃说的："**女人的不幸则在于被几乎不可抗拒的诱惑包围着；她不被要求奋发向上，只被鼓励滑下去，到达极乐。当她发觉自己被海市蜃楼愚弄时，已经为时太晚，她的力量在失败的冒险中已被耗尽。**"

曾经的我确实被我自己所幻想的海市蜃楼愚弄过，我贫穷、无知、懒惰，不去克服自己的困难，不去打拼，却老做着白日梦。我受过高等教育，自认为也有点才气，可却快葬身在这自编自演的爱情泡沫中。还好现在清醒了，也对自己有了客观的认知，打算努力给自己一个务实的未来。

最后，我想引用一句话和每个女人共勉："女人的人生是从30岁开始的，之前全是假象。**青春的追逐，不过是暂时的游戏。30岁之后，命运终于要你为自己负责！**"

讲述者：潇梨

4.我的坏先生

— 1 —

我依然爱着你

你推开了卧室的门，神情难辨地望向我，有些酒气在空气中弥散开来。

二十一点过七分，"这么早就回来了？"我放下手机，背对着你躺回床内侧自己的位置。你似乎叹了口气，踟蹰着坐到床边："悦，我们，我们说说话可以吗？"

鼻子有一点点泛酸，我已经记不清楚上一次你跟我这么温声细语地说话是什么时候了。被子扯过头顶，我蜷缩在一起，疲惫到无以复加。

沉默，漫长的沉默，空气尖锐到连沉默吸入鼻腔都让人战栗。

许久，我听到窸窸窣窣摸索着什么的声音。啪！你点着了一根烟，轻手轻脚地走向窗边，开窗，放风进来。

被窝有些缺氧，我透不过气，探出头，你的背影在夜色里有些落寞，似乎也瘦了些，心底有一丝疼惜闪过，不过转瞬就被漫天席地升腾起的恨意淹没。

不错，我如此怀恨在心，全都是因为我还爱你，即便是我已经草好了离婚协议的现在，还依然爱着你！想起来还真是令人感到绝望啊！

— 2 —
25岁的温柔

闭上眼，我脑海里依然浮现出你温柔的眉眼，以及我们在一起的点点滴滴。

你总是不动声色地帮我处理一堆堆烂摊子，若无其事地制造一些生活中的小惊喜。当我感激涕零时，你又会轻描淡写地来一句："多大点出息，这么点小事就感动成这样！"

可生活不就是这么多小事构成的吗？那个时候我挽着你，好像拥有了整个世界！

我所有喜欢的、讨厌的、期望的、害怕的，你通通知道，你所有的喜恶我也清清楚楚，我们默契到只要一个眼神、一个举止、一声轻唤就能明白彼此想要表达什么。

那一年年末，我斩钉截铁地告诉你："你跟我最后回趟家，如果我爸还是不同意咱俩交往，我就跟你私奔，不认他这个老爸！"

你笑着摸摸我的头："傻瓜，爹怎么可以不要呢，如果他这次不同意，我就天天来烦他，直到他放心地把他的宝贝女儿交给我！"

我25岁，你27岁，我刚好温柔，你正好成熟。

在亲朋好友的祝福声中，老爸含着眼泪把我的手放到了你的手上。

— 3 —
天下没有不透风的墙

那么了解一个人干吗？人都是会变的。《重庆森林》里有人如是说。也是呢，我曾经了解你就像你了解我一样，我们甚至连彼此身上有几颗痣都清清楚楚。我们那么相爱，又怎样？你还不是出轨了！

我们的生活不可免俗地归于平淡，回家后就只是千篇一律的吃饭、睡觉，偶尔逛逛街。

渐渐地，我发觉你回家的时候不再有激情，你跟我的话题也越来越少，我在津津乐道地讲个没完没了的时候，总是发现你的思绪已在天外周旋。

猜疑是有的，不过我安慰自己，或许是你压力过大导致一天心事重重，而我在这个时候如果质疑你对我的爱，那我可真是太不懂事了！

你说你要出差半个月，回来的时候给我带了礼物，可礼物分明不是我喜欢的类型。你拉我入怀，略带歉意地说时间赶得紧，没有好好挑，下一次一定好好补偿我。我从你怀里挣脱，笑着道："没有关系了！"

你以为你做得天衣无缝，粗枝大叶的我不可能看出其中的端倪。可你低估了一个女人的直觉，况且小城又不大，圈子里的那些人也大都非亲即故，哪有不透风的墙？

可证实到她的存在还是让我有些措手不及的。她性感，张扬，媚眼如丝，风情万种。我知道的，这样的女子对于任何男人都有着致命的诱惑，所以你会爱上她也在情理之中。

我不是没有设想过这种可能，如果我没有足够的运气让你一生一世只爱我一个，我会如何抉择。

也许是喝过太多"毒鸡汤"的缘故，我当时想得最多的是洒脱地转身，然后奋发图强，收购你的公司，成为你的老板，让你在工作跟她之间选一个……

终究也只是想想罢了，当事实铁青着脸摆在眼前的时候，我才发现以前的自己太过自大，太高估了自己的承受能力。

因为拥有过如此深入骨髓的温暖，所以那种温暖戛然而止的时候那种感觉就如同刮骨！

— 4 —
原来你也在这里

想要出个轨还不容易，尤其是现在各种交友软件横行的年代，你随便扔个漂流瓶、搜个附近人、摇一摇，就可以找到几十个寂寞空虚冷的汉子找你谈理想、聊人生。

H就是我摇一摇摇到的，高大瘦削，看起来斯斯文文，跟你很像，一样的道貌岸然。就他了！

我查过你最近的行踪，还真是够讲究，这么多天以来，一直是同一家酒店，同一间房子，同一个时间来，同一个时间离开。

我算好了时间，在酒店前厅的沙发上局促不安地等待着H。H当天收拾得干净利落，笔挺的西装，锃亮的皮鞋，还有一张灿若星辰的脸，仔细看还真叫人赏心悦目啊！

二十一点过七分，加上坐电梯耗费的时间，应该差不多了。我起身挽住H的胳膊上楼，在909房间门口站定。

"H，吻我。"

"现在？"H有些摸不着头脑。

"对，就此时此刻在此地！"

"这样不好吧？"

咔嗒，我听到把手转动的声音，慌忙把眼睛一闭，踮起脚尖亲了上去……

不出意外地，我听到你咆哮着喊着我的名字，我意犹未尽地停下来："咦？好巧，原来你也在这里！"

我看着你的脸一点点变得惨白，我的笑容却一点点蔓延开来！

— 5 —
拜拜，我的坏先生

是的，我就是这么"极端"的女子，既然没有办法守护好一份纯真的感情，就让它结束得彻底一点！

我把离婚协议放在了餐桌上，已经收拾好了行囊，明天就去那个我曾经无比憧憬的远方！

我依然很爱很爱你，只是没那么喜欢你了，我的坏先生！

讲述者：Shin

5.我是女超人，我得了抑郁症

— 1 —
一个身患抑郁症的"双失"女青年

两年前，我还在上海的一家500强企业工作，有一个比我小一岁多的男友。

春天的时候，我忽然发现自己有些不对劲，夜里不停的噩梦伴随着心慌、胸闷、情绪激动等症状一起挟持了我，让我对周围事物的兴趣锐减，内心恐惧不安。

有一个礼拜，单位安排我和几个同事出去培训，总共三天时间。本来应该乐在其中的培训，对我来说却是巨大的煎熬。白天的课程一结束，我就躲回宾馆房间，哭着打电话给男友，却不知道自己为什么而恐惧。后来，这样的事情发生得越来越多、越来越频繁，我的脾气变得越来越古怪，好像忽然就活在了愤怒和绝望里面，可以有吵不完的架和流不完的眼泪。

到了盛夏，沉迷于买醉的我终于发现自己已经无法正常工作，于是决定辞职离开上海，带着一堆抗抑郁药物和一纸指向重度抑郁的诊断书，回到家乡休养。

失去工作的同时，交往一年多的男友，也在我病情最严重的时候忽然销声匿迹，让我在奔三的年纪成了一个身患抑郁症的"双失"女青年。

我自小好强，始终自诩冷静坚韧，无论遇到什么妖魔鬼怪，都习惯把情绪和大部分的不适感忽略，只靠理智行事。一直以为自己是可以用理智战胜一切的女超人。

所以在过去二十几年的人生中，面对种种或大或小的打击，我都泰然处之：得了肺炎，自己每天打车去医院输液，咳得说不出话、起不来床，不觉得脆弱；学新闻，一个人扛着摄像机、三脚架在校园里跑来跑去，常常一身汗，没什么累；在外面跑新闻的时候，采访对象因为几句话不高兴就把我骂个狗血淋头，笑笑就过了。

我从来不曾想过，坚韧如我有一天也会变成抑郁症患者。虽然每天按时吃着药，接受着抗抑郁治疗，我却没有从内心认同自己的病症，无法接受一个脆弱到连打一通电话都需要做半小时心理建设的自己。

但是疾病面前，众生平等。抑郁并不等同于脆弱，任何人都有可能被它捆绑，就像丘吉尔形容的那条摆脱不掉的黑狗。不过当时的我，并不明白。

当时的我，只注意到一件可怕的事情。在抑郁来了之后，我开始发现周围的人身上满满的都是缺点，而缺点最多的反而是我自己。我的情绪越来越失控，越失控就越内疚，越内疚就越失控……我进入了一个莫名其妙的恶性循环中。

所以，女超人也是会得抑郁症的。抑郁真正来的时候，你无从抗拒，只能束手就擒。

— 2 —
人总是需要认同感

美国作家安德鲁·所罗门在一次TED演讲中说："**抑郁的反面并不是快乐，而是活力。**"

第一次因为自伤行为住进医院的时候，每天早上医生查房，都会看见我裹着被子蜷缩在床上，像一棵丧失水分后全身发皱的植物，形销骨立，嘴唇干燥起皮，头发和脸颊一样枯萎，皮肤粗糙暗淡，双眼无神地看着天花板，一言不发。我失去了全部的活力。

我开始大把大把地吃药，需要医生频繁地对我进行危机干预。我可能因为病友一句无关紧要的"抑郁症会导致自杀"而情绪崩溃，可能听着电视机的声音觉得全世界都在吵闹，也可能因为病房里来了新病人而害怕得无法入眠。所有大大小小的痛苦都变成深深的马里亚纳海沟，把我和过去的自己分隔开来。

但我并没有完全被绝望打倒，在我矛盾重重的内心深处，还有一丝微弱的信念，要我必须相信痛苦只是暂时的，就像医生说的，把抑郁当成感冒，病了就吃药，总会好起来，因为人总会战胜自己。

能够打起精神起床走动之后，我穿着厚厚的羽绒服，帽子遮住了眉眼，低头在走廊徘徊，偶尔偷偷观察其他的病人。他们中有老人，有小孩，有男人，有女人，有的是抑郁症、强迫症，有的是精神分裂症，身份不同，性格迥然，病情各异。在这样的一群人中间，我忽然觉得自己的痛苦也没有多么的不一样了。

人总是需要认同感，所以才会恐惧"失常"。一旦生活发生异变，"平常"变成"失常"，可控的变得不可控，就会乱了阵脚。慌乱之中，随便抓到一根稻草就以为可以救命。就好像明明已经下了岸在水里浮沉，却还要求自己不湿片缕，未免过分。

然而那时的我，就是这样不可理喻。为了让自己迅速痊愈，我陷入了疯狂的尝试之中。

出院之后，我坚持每个月坐火车去异地复查、取药、接受心理辅导。纵然药物的副作用让我从一个90斤的瘦子变成一个140斤的胖子，我也在用全部的力量和抑郁症对抗。

短短几个月的时间之内，我就做了许多尝试。每天去健身房跑步，偶尔写一些不成样子的文章，甚至开了一个公众账号；也交新朋友，跟不同的人聊天、倾诉，看许多跟抑郁症相关的报道和资料；尝试写书法、画画、学韩语、买回各种书籍阅读、带着单反出去扫街、玩网络游戏、疯狂购物、养狗、重新参加了一次普通话等级测试、办了一个半途夭折的暑期作文培训班……不停尝试，不停失败，再不停尝试。

我相信正如医生所言，在千万次的尝试之中，总有一个方法会让我治愈自己。

— 3 —
你的心里只有自己

第二年的夏天，我去北京连看了三场五月天的演唱会，作为资深脑残粉，我却差点在热闹的鼓点声中睡着。纵然尝试了那么多，我的兴趣和活力还是没有回来。

也许是尝试得累了，也许是别的什么原因，总之，我的状态慢慢地又开始变得不稳定。就好像抛物线过了最高点，开始走下坡路。每天除了例行出门健身外，剩下的时间几乎全都在床上度过。我窝在被子里看各种煽情的悲剧或者搞笑的综艺，却没有眼泪，也笑不出来，心里一片麻木。

12月的一个午后，我躺在床上看剧，忽然想起老妈平时总把我的各种药藏在柜子深处。于是我鬼使神差地下了床，打开衣柜，掏出藏在层层衣服包裹中的药，取走了其中一瓶安眠药，再回到床上，用水送服。

我以为一切都可以结束了，于是开始给一些朋友发"遗言"。朋友电话打过来，我看着手机，却不打算接。

当然，这是一次失败的尝试。后来，我被强行抬上120急救车，送到洗胃室，迷迷糊糊中痛苦地吐光了胃里所有的东西，然后在几番情绪发作后昏昏睡去。再醒来的时候，是凌晨的ICU病房，冰冷的仪器、陌生的护士和断片了的记忆。

我吵闹着要回了手机，看到发小在微信里说："可能你的心里只有自己。"我忽然就被巨大的孤独感淹没。

几天之后，我又一次住进睡眠心身病房，第N次坐在了医生面前。这一次，我觉得自己无比绝望。我开始跟医生谈论很多形而上的问题，我想要知道生存的意义，想要知道我是谁，想要知道时间是什么。

"我很绝望，这种绝望和以前完全不一样。以前是伤心欲绝，现在是觉得伤心也没有意义。"艰难地对医生说出这样一番话，我看到他眼中一闪而过的惊讶。

"这一年多的治疗关系里，我一直尝试回避你的这种情绪，没想到还是到了这一天。"

"我已经避无可避了。"

"那就去面对，然后解决它。"

"你知道解决不了。"

"只要把它控制在不影响生活的程度，就可以了。"医生看着我。我意识到，抑郁有可能会跟我一辈子了。

意识到这一点，我却忽然好像释然了。总有许多的痛苦或者遗憾，是我们必须去处理和面对的，如果不能逃避，也没有完美的解决方案，不如就跟痛苦和平相处。抑郁让我从不爱社交变成了几乎拒绝社交，重建生活的第一步，或许就是找回伸手的勇气。

于是我想是时候把我的所有感受，在我状态平稳、能写字的时候，事无巨细地分享给每一个看到我的文章的人。

因为我虽然尚在抑郁中挣扎，却已经渐渐学会了跟抑郁和平相处。就好像清晨醒来，天微亮，站在阳台深呼吸，感觉清新的空气穿透身体。把抑郁当成空气、当成生命的一部分，去接受它。如同我看着它一样，它也在看着我。

我们对视，然后和解。

讲述者：林樱

6.看上去完美的前夫，是家暴恶魔

异性如果爱惜我们，感觉应当愉快幸福，但是有许多时候，一些人口口声声说爱我们，我们却觉得痛苦伤心，这时候就值得警惕了。他有意图控制你吗？限制你与朋友来往，不准你穿某种服饰，监视你，盯紧你？他在言语上可有不尊重你？譬如说你肥胖、愚蠢、不够资格？可有动手打你推你，不一定造成伤痕，可有掌掴你，扯你头发？这些都是虐待。有时只是一个轻蔑眼神，有时，你做什么他都采取相反意见，借此诋毁你，贬低你，他可能做得十分含蓄，但，这也是虐待。

——摘自亦舒《爱情慢慢杀死你》

– 1 –
完美的前夫

我和前夫X是家中长辈介绍认识的，我母亲的闺密是X父亲的表妹，也算小有渊源。他大我5岁，我自小就听过不少他根正苗红、勤奋好学的故事，从一流小学一路保送到一流学府的硕士，现在在英国一所牛校读工程学博士。X复活节假期回家探亲时，双方父母安排了我们见面，当时我23岁，他28岁。

初次见面，我对他印象极佳，但考虑到一确定关系就要开始漫漫异国恋，还是心生犹疑。那时我大学毕业刚一年，在一家英语教育机构当老师，与父母同住，生活平静而满足。与X的相识像是一个不确定因素，他的优秀让我心生好感，但同时也有对未知前路的彷徨。

X很快打消了我的犹豫，他假期结束回英国后和我联系频繁，几乎每天一个电话。我生性开朗，他也是很健谈的人，隔着7小时的时差，我们如同两只叽叽喳喳的小鸟，能东拉西扯地说上很久。

我爱上了X——那种真真切切的，脚踏实地的，没有顾虑的，人间烟火的爱。

是的，我爱他。

曾经，我是那么爱他。

那时我每天都沉浸在无尽的喜悦中，每当手机响起，看到那串凌乱没有规律的数字时，我总觉得生活对我是如此偏爱，我有世界上最有使命感的工作，有最好最疼爱我的父母，现在，我还有了X——这个世界上最优秀、最善良的男人。

现在的我，多么想告诉年轻姑娘们这样一个道理：如果你遇到了一个男生，他有着漂亮的学历、高雅的爱好、出众的外表，那么这真的是件很美好的事情，可这些并不是你立刻就开始仰视他的理由。

外表、学历、特长、爱好，那不过是一个人的技能，就像我会做饭、你会烧菜一样。学历不是打开真理之门的钥匙，人们求学是为了站在一个更豁达、更开阔的角度去看待这个世界，高学历并不能使你成为一个真正快乐的人。

而你真正需要关心的是，他是否有一颗高尚纯洁的心灵，是否有一双即便历尽千山万水，沉淀后却依旧干净明朗的双眸。

关系稳定后，X很快细心地为我们规划好了未来，并迅速请示了双方的长辈：异国相处变数太多，他圣诞假期回国后我们先领结婚证，然后我申请陪读签证辞职去英国，X已经帮我收集了很多英国大学的资料和专业介绍，他在读博期间我也可以继续深造。

他的计划妥帖完美，充分考虑到了双方长远的未来，加上我父母本来就很喜欢X，即使对我这个自小在身边长大的宝贝女儿有万般不舍，还是同意了X和我结婚的请求。

领证那天，我牵着X的手一路飘出了民政局，直到双脚站在熙来攘往的大街上，才从喜悦中回过神来。我身边是我的爱人，我听到他说爱的声音，听到他说永远的声音，心里滋生出枝枝蔓蔓的温暖。

那看似幸福的一日，不过是来日老天爷一番教训的伏笔，他叫我收余恨、免娇嗔、且自新、改性情、休恋逝水、苦海回身、早悟兰因。

一个月后，我顺利拿到了陪读签证，带着两个大箱子飞赴那个雾霭沉沉的国家，那里有我的丈夫，我最爱的人。

— 2 —
婚后第一次激烈的冲突

最初的时光是平和而安宁的，我每天的任务就是复习雅思，准备申请学校的资料和文件，并且在X回家前准备好晚餐。原来十指不沾阳春水的我，开始变得像一个熟练的主妇一样，在锅碗瓢盆中来回穿梭。自己学会了揉面包包子，擀面皮做饺子，甚至能照葫芦画瓢地把糯米糍、冰皮月饼、核桃酥这些繁复的点心做得有模有样。

X一下课就会匆匆赶回家，推开门大声叫我的名字，我躲在门口跳起来像树熊一样趴在他背上，他并不觉得累赘，背着我在屋子里来回地走。

刚去英国的日子，对父母的思念像潮水一样，不时袭来又退去，有时甚至无端就哭起来，X总会柔声安慰我，说着并不很好笑的笑话逗我开心。

后来回想起最初那段在遥远他乡、我们互相扶持度过的岁月，我的心里仍然涌动着莫名的感动。

我们哭着笑着，笑着哭着，是因为我们曾经多么真心地路过一个叫作"爱情"的地方。

遗憾的是，仅仅是路过而已。

我们第一次激烈的冲突爆发在我到英国两个月后。

那天X回家比平时早很多，我买菜回家后看到他一脸冷笑地坐在沙发上，看到我劈头就问："地瓜是谁？"我没反应过来，照实回答——我高中三年的前桌，和我关系特好，地瓜是他的外号，因为此君酷爱生吃地瓜。

X的声音没有一点温度——只是朋友而已？为什么你每年过生

日，他都专门发邮件祝福你，发短信不行吗？他发来的邮件你一直保存着，说你们之间没有点猫腻，谁信？

我突然反应过来了，X偷了我的密码，看了我的邮箱！

我的密码很简单，只是我的名字和生日的组合，有时即便是在X面前，我也没有任何防备地敲下成串的密码。为什么要防范？我们不是夫妻吗？我们不是有自己的空间吗？我们虽然因为婚姻走到一起，不还是独立的个体和灵魂吗？

更何况，我心里一点鬼都没有。

我放下手中大包小包的购物袋，看着他："我现在对你的人品有了很大的怀疑，一个新婚的丈夫，竟然无聊到偷看自己老婆的邮件，再以莫须有的罪名来逼问，这样的男人我实在不想做任何评价。"

X的眼神变得阴翳："你知道吗，你伤害了我的自尊。"

正说着，我的手机响了，X一把抓起桌上的玻璃盘扔在我的脚边，叫嚣着："关掉！等我把话说完你再打回去。"

我低头一看，是我在英国留学的学姐打来的电话，走到厨房的窗边去听，谁知道X追上来一掌把电话打飞，小小的手机飞脱，直溜溜从十层楼上坠下。

我眼睁睁看着手机落下，刚想发火，谁知X一把将我拽离窗边，狠狠推倒在地上，我的手按在了先前砸碎的玻璃盘碎片上。我尖叫一声收回手，定睛一看，上面密密麻麻地插满了玻璃碎屑，殷红的血一点点渗出来。我的心很慌，却一点不觉得疼。

X突然跑到我身边，把我拉起来，让我坐在沙发上。他跪在地上，声泪俱下："老婆，对不起，我真的不是故意的，我是无心之过，手机我一定买个新的给你。"

我呆呆地坐在沙发上，看着X拿出医药箱帮我消毒，用镊子取出碎片，清洗伤口再包扎，所幸伤口不深，只是皮外伤。

晚上和妈妈用Skype通话，一听到妈妈的声音，我的眼泪止不住往下落，妈妈絮絮叨叨地提醒我一定要保重身体，和X互相照顾，不要吵架斗气。

我望着包扎得不能动弹的手说："妈妈，X对我很好，你照顾好自己，等我这边转了学生签证，就把你和爸爸接过来玩，英国很漂亮，我会好好的，你放心，别记挂我。"

回头，我看见X站在我身后，他蹲下来看着我说："对不起，这只是个误会，你要知道，我是爱你的。所以我希望在你心里我是最完美、最好的那个人，这件事我们就当它没有发生过吧。"

我闭上眼，轻轻叹口气："这次我原谅你，但我的原谅不会再有下一次了。"

这样的原谅太过轻易。那时我多么年轻，年轻到一直执拗地相信着爱情的逆转、爱情的可变，相信着精诚所至、金石为开，相信我有足够的力量让对方体会到我的付出和伤痕。

其实，我只是害怕，害怕飞短流长，害怕被人遗忘，害怕被人离开，害怕曾经的付出得不到应有的回报，所以我不断地付出希望能一次赢回全局，我害怕离婚成为舆论的众矢之的，我害怕家暴成为我一生走不出的阴影。

我只是害怕。

— 3 —
哀莫大于心死

公寓里总是很安静，来到英国已经两个多月，可除了在洗衣房见过两三个住户外，我再没见过任何的人。常常是我坐在客厅里看着单词，隐约听见走廊里传来人声和脚步声，我打开门，悄悄地往外看去，永远都只是那条空无一人、似乎没有尽头的走廊，灰绿色的地毯，土黄色的门，斑驳的墙。

我的手渐渐恢复了，可对于X，我的丈夫，我产生了一种无名的恐惧，我害怕自己会像那个无辜的手机一样，因为他可笑的尊严和莫名的偏执而在瞬间支离破碎。

那段时间校内网依旧风靡，我晚上睡前坐在电脑前浏览自己的主页，咬着巧克力没心没肺地笑了起来。X侧过身子问："看什么呢这么开心？"

我指着屏幕说："没想到我以前大学同学的前男友，竟然是姐姐的高中同桌，你说这个世界小不小？"边说边把屏幕转给X看。

他看了看照片说："这个男生现在在英国？"

我点点头："是啊。"

X继续问："你和他很熟吗？"

我想了想说："算是有点交情吧，当年他追我同学，还收买了我呢，这个男生人真的不错，贴心又聪明，不过毕业后两人还是分手了，真可惜了，那么般配的一对。"

我边说边惋惜地直摇头，又浏览了下网页，关灯，不一会儿就沉沉地进入了梦乡。

不知过了多久，我突然感觉自己从床上被一阵外力拽了起来，我猛地睁开眼，X的两只手紧紧地扣在我的肩膀上。黑暗里，我看不真切他的脸和表情，可窗外路灯惨白的光，却让我看真切了他的双眼。

那双眼睛直到今天，还无数次地出现在我的梦魇里，黑白并不分明，仿佛氤氲了一层水汽，没有感情，没有理智。

他抓着我的肩膀，拉近我的脸，平静地问："你和那个男生是什么关系？你老老实实告诉我。"

我仓皇地望着他，不知道如何回答。

他冷笑："你这个女人太下贱了，你是为了他才到英国来的吧，你把我当白痴耍吗？我就知道你嫁给我是为了出国和我的钱，今天终于被我逮到马脚了。"

我拼命地扭动肩膀，想摆脱那双几乎要伸进我骨髓的手："你疯了吗？"

X一把抓住我的头发，把我的头按在墙上说："心虚了吧？哑口无言了吧？我今天就让你看看，欺骗背叛我的下场。"

我曾经因为智齿咬合拔过牙，打过麻药后，医生直接用一个小小的锤子对着钢针，一点点地敲着，疼痛感并不明显，可我的耳朵里回荡着巨大的轰鸣声。那晚，那种熟悉的轰鸣声再度响起，我只感觉自己的头一次又一次猛烈地撞击着墙壁，一下，两下，三下。

渐渐地没有了疼痛，巨大的耳鸣声仿佛潮水一样涌向了鼓膜，我甚至连叫的力气都没有了，脑子里却闪过一帧帧的画面，是春日里散发阳光味道的棉絮，夜归时母亲温暖的笑脸，家里床头巨大的泰迪熊玩偶，还有冬天街上新鲜出炉的烤红薯。

那一刻我只有一个念头，我一定要活下去，我不顾一切地用残存的力量和勇气喊了出来：Help! Someone please help me!（救命！快来人救救我！）

就像夜空里划过的闪电，X竟然停了下来，走廊里传来开门声，脚步声，敲门声，我感觉嘴里有淡淡的血腥味，但我不怕，我知道有人来了。

X用手捂着我的嘴，他的手因为紧张微微颤抖着，敲门声响了几下后便沉寂下来，他松开手望着我。

我挣扎着爬起来打开了壁灯，X望着我的脸，惊恐地睁大了眼睛，支吾着说不出话。

我的目光越过他，摸索着走进浴室，开灯，站在镜子前看着自己。

冷白的灯光下，镜面折射出一张扭曲的脸，干裂渗血的嘴唇，瘀青的眉角，还有额头上红肿开裂的伤口。这个人不是我，我对自己说，一定是镜子脏了。

为什么我现在成了这个样子，像被人圈养的动物一样没有尊严，没有自我，甚至也没有最基本的人身安全，每天在这个灰黑色的城市里苟延残喘，小心翼翼地活着？

X站在我身后，默默地看着我，我望着他："我要回家。"

他走过来，把头埋在我凌乱的长发里说："这里就是你的家啊，是我们的家。"

我厌恶地避开他，看着镜子里狼狈不堪的自己："一切到此为止了，我现在不想和你多说什么，我会尽快回国，然后离婚。我不会再给你任何机会。"

X在笑，是的，他在笑，语气那么柔和，仿佛一个给孩子说故事的慈父："老婆，你当然可以走出这个门，也可以回家，不过前提是，你要找到你的护照。否则，你只能一辈子在国外像只老鼠一样过着不见天日的生活。我会好好对你，只要你安分守己。好吗？"

他的手轻轻抚摩我的头发，顺着头发滑过我的脖子和颈椎，我感觉自己仿佛石化了，周身渗出冰冷的寒意。

我幼年时一度最爱看的书是《镜花缘》，秀才唐敖考场失意，随妻兄林之洋出海做生意至两面国。此地人人都长着两张脸，一张善良随和，一张凶狠阴险。幼时的我完全把这当作科幻奇遇，看得津津有味。可后来我才知道，原来这苍茫众生中真的有这样的人存在，甚至那个人就是我最亲密的丈夫。

也许只有到了那一刻，当你经过痛苦、犹豫、失望、怨恨、恐惧等煎熬之后，你才终于明白，你曾经视之如双眸的爱，向你展示的到底是怎样的面孔。

护照是我在英国唯一的身份证明，甚至偶尔购物刷卡时也有出示的必要。没有了护照，我真的寸步难行。天亮后，X去了学校，我在家里翻遍了每个角落，没有，全都没有，怎么会没有？

我不要再留在这里，我不怕担着离婚女人的头衔，不怕回国后一切重新开始，不怕流言蜚语，不怕恶语相向，我只想回国，我只想回家。

天可以暗，心不能灰。

冷静下来后我开始思考，5月初会有一场雅思考试，需要带护照，这是我唯一的机会。

我用公寓的公用电话打给在英国的学姐，请她帮我买好回国的机票——家里的一切都不安全，特别是电脑，我的电脑是X送的，开机自动登录的形形色色的程序，仿佛一双双警犬般的双眼，无时无刻不洞悉着我的行踪。

距离雅思考试前一周，我把学历证书和学位证书都放在透明的塑料袋里，搁置在冰箱的冷冻层，压在一堆厚厚的冰块和速冻食品下。一些日常换洗的衣服被我转移到消防通道一个角落的空箱子里。

考试当天，闹钟响起时是凌晨6点，考试8点30分开始，我7点出门，大概坐40分钟的公车能到学校。这个时间点，X是不会起床的。

我拿起他前一晚放在茶几上的护照，义无反顾地出了门。那扇门后面，是我曾经深爱过、现在却疯狂渴望逃离的男人。

我不恨他，却也不感激他。可那些他亲自下厨为我做的难吃的菜，下课回家时顺手买给我的朴素小花，各自看书时轻轻放在我身边的牛奶，在图书馆自修时走过我身边摩挲我头发的那双手，至今我都没有全然忘记。

这些细节，也许就是我迟迟未曾下定决心离开他的原因，因为它们曾如此地温暖过我。每一次当我被伤害时，我总会质疑，那双让我遍体鳞伤的手，是否也曾为我遮挡过初来英伦时的那片雨季。

人这一生会死多少次，再醒来，更需要有多大的力气？万事起起伏伏，又到底图什么？

我心底有温柔的一隅，满是曾经踏实的、虚妄的、无辜的蜜意和灭绝的情。

哀莫大于心死。

哀莫大于心不死。

哀莫大于亲手溺毙自己半死不活、病入膏肓、残存着一丝希望的心。

回国的飞机起飞的瞬间，我被惯性往后拉，紧紧靠在座椅上，莫名其妙的惯性将我的眼泪都拽出眼角。

只是，我真的说不清原因。

— 4 —

只要心中有爱，没有什么能打败自己

故事的结局很平淡，我回国后向家人说明了一切，联系X正式提

出了离婚。他最初歇斯底里地反对，叫嚣着要拖死我，直到我人老珠黄嫁不出去。

我平静地告诉他，被家暴后我拍下了自己伤情的照片，如果他不同意协议离婚，我们只能对簿公堂，到时候他的家人、朋友、同学、导师都会知道他究竟是什么样的人。

X沉默着挂断了电话，之后我们很快办理了离婚手续。

我曾经执拗地以为，X是爱过我的。他对我所做的一切，是因为他始终无法填补内心的缺失，疯狂的感情无处安放，只能通过对他唯一的感情的绝对占有，才能平衡内心沉郁的不安和无助。

他太寂寞，太需要被认同，太需要爱，因为他太自卑。如果他在成长的过程中，有更多的爱和关怀，那么他的多疑、他的痛苦、他的暴力，就会失去生长的土壤。他只是用自己的方式在爱我。

可现在我想说，以上的想法真的愚蠢到极致。

总有很多女生像曾经的我一样被折磨时会有上述的想法，为自己的懦弱和他的卑劣编造着一个又一个的借口。但其实没那么复杂，爱的本质是简单的，你无须去揣测他的想法、他的成长历程、他的意图，这些对你来说没有任何意义。

你只需要扪心自问自己的感受：和他在一起我幸福吗？我的人身安全吗？离开他，我会有无法忍受的痛苦吗？还会有人爱我吗？

我无法回答前三个问题，但有一点我很笃定，是的，离开他你会煎熬，你会痛苦，因为你曾真心地爱过。可无论如何，都比继续停留在他身边要好，要幸福，要充实，要完满。

还会有人爱你吗？亲爱的，当然，但首先你要爱自己，像《小王子》里的那只小狐狸一样，坚信着麦田的颜色。

坚信着麦田的颜色，就会甘之如饴地生活，学会感恩、学会惜

福、学会尊重其他生命的存在，拥有一份美丽，一份以你的努力换来的刻骨铭心。

坚信着麦田的颜色，就会更尊重爱的存在，爱是一些琐碎而微小的东西，它不像蝴蝶一样翩飞，它是一片宁静的落叶，就停留在你的掌心。于是，在未来的风雨中，没有什么可以把我们打败——因为我们心中有爱。

所以一定要坚信，到最后，至少还有麦田的颜色。

讲述者：淡淡君

7.爱情这个东西，尿人勿近

— 1 —
奇葩的相亲男

"我这个人呢，特别实在，说话喜欢开门见山。我不知道你是怎么考虑的，不过我对结婚这件事非常认真。不出意外的话，我希望今年国庆就办婚礼，最好明年五一前就准备要宝宝。"

和我第一次见面的相亲男，特意找了一家人均消费15元的小店，很认真地帮我点了一份酸辣粉。我才坐稳当，他就直接省略了自我介绍，气壮山河地说了上面一番话。

"我觉得大家年龄也都不小了，没必要再说什么虚头巴脑的东西。说白了，结婚和其他事一样，时间到了就该去完成，和谁过还不都是一样过。对了，介绍人说你有户口对吧？因为我没有户口，所以为了孩子，怎么都得有个人有北京户口。还有，你会开车吗？我希望未来我的太太能负责开车。你看，我现在的工作和艺术有关，经常需要构思一些东西，开车会影响我集中注意力进行创作，所以我觉得要是你能开车就最好了。"

我在心里想，今天真是撞大运了，没花钱就免费捡了个段子。

不过对方似乎觉得自己表现得不错，继续说："我自认为还是个负责的人，不像其他很多男生，整天不给承诺耗着姑娘。毕竟，不以结婚为目的的恋爱都是耍流氓。你觉得怎么样，刚才我说的计划？"

"我觉得特别好，"我也很真诚地看着他，"你看我这个人，也特别实在，所以你就直接说你能出起什么价吧？"

然后我留下他一个人，吃两份酸辣粉。我猜，他一定在考虑要不要把其中一份打包，带回家当晚饭。

— 2 —
请给我一个免费的老婆

好啦，我知道以上是一件比较奇葩的案例。

可是换作下面的情况，是不是就比较平常了呢？

你们认识，不温不火地吃过几次饭，平时少有交流；他偶尔会在你的朋友圈点个赞。

你在工作中碰到一些苦恼，想向他倾诉，但他并没有兴趣听；你说了很多，他都在神游，最后总结一句：没事，别影响心情。

你身体不舒服，他叫你多喝热水；你出门找不到方向，他叫你自己打车；你们一起看个电影，他不会因为时间很晚了，主动提出送你回家。

但他会主动表示对你有好感，甚至会向你表白，说你符合他对另一半的要求，是理想的结婚对象。

如果你抱怨他总是太忙，大家还没有足够多的了解，他会说那是因为他更想把时间用来努力工作，提升自己，因此没有太多时间和精力谈恋爱，但这也是为了未来的家庭。

他对你毫不关心，可是他愿意和你结婚。

不仅如此，他还自以为占领了道德制高点，告诉你一切不以结婚为目的的恋爱都是耍流氓。

你如果质疑和拒绝，他可能还会表达这么一个意思：等我们结婚了，我自然就会尽丈夫应尽的义务，陪伴你、照顾你、关心你。

换个文艺一点的表达：亲爱的，我要许你未来，但给不了你现在。

换个乡土一点的表达：你都还没和我确定关系，都还没有和我领证，我干吗要付出。

内心深处的灵魂在呐喊：老天，请给我一个免费的老婆！

— 3 —
不在于对方怎么说，而是看对方怎么做

到底是你流氓，还是我流氓？

只以结婚为目的的恋爱，才是真正的耍流氓好不好！

我特别喜欢一个英文表达，就是"No strings attached"，即"没有附加条件"。放在爱情里，就是我喜欢你，就是喜欢你这个人本身，不求回报，更不需要带着未来和你结婚生子的可能性去喜欢你。

而以结婚为目的的恋爱，则是在叫嚣，除非你能和我结婚，我才有可能爱上你。在还没来得及了解对方的情况下，就意淫着把对方安置在太太/丈夫的角色上，听着就都是套路，没有真心。

这是流氓无赖，是对爱情和婚姻的强暴。

鬼都知道，**爱情这个东西，不在于对方怎么说，而是看对方在怎么做**。现在，你只说不做，还拿婚姻的名义来约束对方。可见你不但自私无赖，而且阴险至极。

你可别指望着他虽然现在不关心你，领了红本之后就立即改头换面。没到手的都不知道珍惜，更何况到手之后呢？

比较合理的推测就是，他现在正处在拼事业的阶段，没时间谈恋爱。要是运气好，等到十年二十年之后事业有成了，手下有人帮他干活了，也没那么忙了，他很可能忽然就觉得人生遗憾了，觉得自己没有品尝过爱情了，于是就扔下你去找年轻姑娘了。

所以，以结婚为目的的恋爱，往往都遇不到好的爱情，通常连好的婚姻都遇不到。

毕竟就算是以爱情为根基的婚姻，婚后都少不了生活琐碎的摩擦，都有可能随着时间的推移、环境的变化而发生改变，更何况是没有根基的婚姻呢？

别跟我提什么爷爷奶奶辈的婚姻不也都是被安排的，婚后也不是将将就就、修修补补过了一辈子。拜托，现在是什么年代了，明明你享受的物质资源、精神资源都比过去丰富了好多，为什么偏偏一碰到爱情就一夜回到解放前？

你爷爷奶奶一辈子才接触过几个人，你现在一根网线就能连接全世界。明明有条件去寻找最合拍的那一个，干吗非找个还没恋爱就需要修修补补的凑合过一辈子？还非要说，爱情就是这么一回事？

爱情说，我这辈子到底得罪谁了？干吗什么破事都往我头上扣？

— 4 —
真爱都勇敢

我经常觉得，爱情最大的魅力，就在于不可控。

生活中处处算计，连爱情都要算计，生怕自己多付出的那一点，收不到实实在在的回报，这样的尿人，不配谈论爱情。

他们以为什么都算清了，就占到便宜了；以为一点都不付出，就赢得买卖了。

没错，或许他们不会有损失，更不会受伤，但他们永远都不会体验到爱情。

不会被人暖一下就发热，被人冷一下就成冰。

不会在不经意间想到，就忍不住嘴角上扬。

因为，他们不懂什么是柔软；因为，讨论爱情让人柔软。

真爱都勇敢。

爱情这个东西，胆小者勿近，计较者勿近，尿人勿近。

成长伤痕：我们曾相爱，想到就心酸

第三章

讲述者：雨润de云温

1.我就是那个留在小镇的"绫"

— 1 —
舒服比漂亮更难得

好吧，其实我已经睡下了，习惯性地翻翻手机，看到又一篇关于"绫"的文章。终于还是翻身下来，坐在地毯上，靠着靠枕，双膝上放着Air，来说说我自己。

我就是那个留在了小镇的"绫"，说一说真正坚守你最初的爱，会怎样？

那么多发音为"ling"的字，不知道是音译，还是日本文字的原因，我没考证过。有没有想过为什么大家都用了这个带绞丝旁的"绫"？我想除了美，它还代表着柔。

女人本来该是柔软的，水做的心，花做的魂。这些流行的文字什么时候变得这样狰狞？一个个网红作家都在教人怎样去掠夺资源、占据资源，怎样用尽各种手段心机去占有一线地位。

真的要那么花空心思，绞尽脑汁去算计吗？

不，那样的你即使坐拥天下财富，也只能像邓文迪那样一脸凶相，满脸横肉，相由心生，你美不了。

真正美的女人应该是柔和的，会有优雅的得体的微笑，会有温暖的眼睛，会被人一见就称为舒服的女子，人说舒服比漂亮更难得。

就像赵雅芝，被大众广泛认可，你看她早年嫁人，家庭幸福，同样的年龄就比别的明星多了幸福的笑容，她显得那样满足，让人看着舒服。

人生能嫁给最初的爱情多好啊！

— 2 —
我嫁了个天天混日子的男人

十八岁那年，我刚刚高中毕业。认识了老公，我爹多少算是小干部，由一个快乐和谐的原生家庭嫁入一个农民家庭，还每天鸡飞狗跳，老公也很瘪，不能不说我父母是极力反对的。但他们反对六年无效，最终我还是嫁了。

其实，我也不知道我到底爱不爱，我的个性就是这样，你越高压，我越反抗，明知是火坑我也跳。

家和工作的地方都在一个小镇，很小很小，你从上街走到下街十来分钟吧，两天赶一次集，跟大部分人的家乡一样。

我在一家事业单位工作，拿着几百元一个月的工资，老公则天天混日子，我还生了孩子。孩子也是母亲带着，日子过得逍遥无比，却也闲散无聊。我常常想我这辈子大概就这样到头了，等着老了领退休工资，以后再带孙子。

最初的爱情，我和父母的抗争，我的坚守，以及在老公犯事被拘留时各种去救他的表现都得到了老公的回报。他给我买了小镇第一台电脑，每次去省会城市拿十张拨号上网卡回来，要不就让朋友带回来（那时候我600元左右的工资，拨号上网2元/小时）给我上网，听嘀嘀嘀嘀的拨号声，陪我的长夜（他已出外打拼）。

我成了最早的那一批网红，在你们大多数人都还在上学的时候。

我不想去假定"绫"的以后，我只想告诉你们我就是最初的她。假如她留下来，嫁人了，也许她也会和我一样过一段这样的生活。

生活并不取决于你生活在哪里，你的心决定了你的世界有多大。

我虽然生活在小镇上，却从来没放弃过我的修行。我写文字，没有目的，只是因为爱好所以写。我订阅《瑞丽》，20元一本，虽然那时候确实好穷，订不起的时候就偶尔去县城里的时候买一本，然后看着《瑞丽》里面标出的价格表，很长一段时间都以为人家标的都是日元，一件衣服怎么可能上千上万元。我爱打扮，爱收拾，买不起贵的，我总可以买点看得过眼的。我也看书，能找到的都看。但我永远忘不了生活在城里银行的闺密说的话：你一看就是镇上来的乡花、镇花。

是呀，小镇上的理发店烫的那些小卷子的头发，用发夹夹在头顶的造型，令我现在回首也不堪入目。

中间的各种穷困、窘迫、找人借钱的悲哀，老公事业亏损欠债的巨大压力，我的单位体制改革种种终于将我推出了小镇。我开了一家布艺小店，仓促的决定、合伙人的选择不善，导致小店一年后关门大吉。

好穷啊……幸好有底子还将就的父母帮我带着孩子，姐姐哥哥帮助，让他进了市里最好的幼儿园，连生活费也不用我缴纳，但那份连在家庭聚会上也会有的窘迫压得人喘不过气来。

— 3 —

为了爱，拼吧!

贫贱夫妻虽然百事哀，但强大的原生感情给了我们最坚实的基础，我们一直共患难，彼此心疼，再难一个月也要想办法见一次面。

当在拘留所的时候，我挺着大肚子被看押的犯人取笑，给他送东西去，出来蹲在看守所门口大哭，那样无助和无力；也会带孩子坐两三天的硬座，让孩子睡在我的膝盖上，我靠在靠垫上打瞌睡，也要去看他爹；坐他开的汽车，将煮鸡蛋揣在贴肉的怀里为他温着，怕他半夜饿；在他的生意功败垂成、欠上巨款的那个晚上，拥抱着手牵着手一夜无眠，彼此亲吻着对方脸庞，说没关系。

可他还是会给我买花，有一点钱就会给我买摄像机（摄像机对那时候的我们完全就是奢侈品，连我妈都会说，只因为我说过我想记录下我们的一切），会给我整整煨一个月的姜汤，逼着我烫脚，从此以后我再没长过冻疮。

你说"绫"，你怎么样来掠夺这样一份感情，如果和服店老板也是这样过来的话，就凭你那点肉体、床上功夫就想挤进来？请问你哪来的自信？这世界上漂亮女子那么多，有谁肯真的用心去爱他？你要是他，你是要一个唯利是图的女人，还是要一颗同甘共苦爱他的心？你自己做做选择题好了。

若是我，我也会轻描淡写地答应你：是吗，欢迎来家做客哦。事实上，我也确实这样答应过别的女孩，最后她自己注销了号码，消失了。（老公一个人长期在外的时候睡了她，临走前还去睡了一晚，根本都没告诉她。我后来问他为什么不告诉，他说反正都要走了，有什么可说的。是的，你没看错，我并没有对老公抱怨，身体在我们的感情面前根本不算什么，睡个女人还不花钱，就是花钱他开心也好，越是如此，越是被他爱得牢牢，因为他知道不可能再找到一个如此爱他的我。）

35岁那年，我的笔为我找到了一个引路者，他介绍我进了这家公司。我鼓起勇气直接打电话给董事长要去应聘，也许是以前的修养起了作用，哪怕我的文凭并不满足要求，我也顺利被录取。

我终于被逼到了这座一线城市，虽然不是北上广，但也算新一线吧。

初进城的乡下少妇，不会坐公交车，连看站牌都不会，好几次坐倒了，又狼狈地下车左顾右盼到对面的路线坐回来；我住单位宿舍，穿着劣质的百元高跟鞋；我被公司同龄的老人看不起，各种刁难；我学着化妆，经常被劣质的眼线糊得到处都是。

但我心里无比窃喜，我原来如此喜欢这样的环境，终于可以坐上电梯去办公室办公，终于可以在夜晚和同事们去吃消夜，可以去酒吧喝酒了，可以去看演唱会了，这些都是我曾经只能在电视里看到的不可想象的事情。好吧，乡下少妇终于进城了，比多少人起点都晚、都不如。

文凭不够，长得不漂亮，没有钱，还当了妈。

拼吧！

中间种种，我就不想说了，拼到站在大桥上想跳下去过很多次，拼到夜里独自一个人哭很多很多次，拼到穿高跟鞋脚扭了却还是坚持穿下去，至今脚腕依然有旧伤。

我总是想：不怕，我还有老公和孩子，努力下，再努力下。

好吧，我终于年收入可以上30+，终于可以在这座城市的超甲写字楼办公，终于买了第一个LV，（因为一开始根本不认识这个牌子，在小店里买了一个连仿版都算不上的背着被人指着笑了两次），Prada，Chanel，Versace……开始从北京华联、太平洋买花车，到专柜，再到后来满世界采购，我有了很多的奢侈品新鞋子、包包、衣服。

我自己买了带花园的房子，家里有车有几套房，老公也好起来了，终于我爸妈也欣慰地笑了。

幸好在最穷的时候，我没有放弃过学习，报了各种学习班，还看了那么多年时尚杂志，进了城市，我很快也算跟上了脚步。**我虽然不漂亮，可我温柔有爱，有温暖的笑容，宽容的心，和大家相处得很愉快。**我温和的原生家庭给我的修养，都慢慢沉淀到了气质上，如今四十多了，反而觉得自己比二十来岁的时候更温婉美丽。

身边各种喜欢我的男人都有，他们很多都成了我生命里的贵人，事业上拉我一把，工作上给我许多指导，我很感恩每一个帮助过我的人。

桃花运接踵而来，从各种小平民，到金融精英、IT新秀、开兰博基尼的土豪，收到的礼物有各种一线名牌手包、香水、化妆品。连我去买家装材料只见了一面的老板，也在这几天向我表白，说我看起来好舒服。好吧，还要加上他派来送货的司机也试图用微信勾搭我（因为加了微信发送货地址），被我拉黑了。

— 4 —
心里有爱，才能让你无坚不摧

我不想去详细说我的奋斗史，每个从小镇来的姑娘，都知道生活在大城市的不容易。

只是如果你最初就是带着功利来到这座城市，为了它放弃你曾经的爱，以为靠着努力能去寻找到更好的，不可否认，一部分姑娘找到了，但对大部分而言，你不要忘了这个时代的爱情是为利而生的。你都不纯粹了，哪里还能指望找得到纯粹的爱？

你要找的他要论斤足两，请问你又有几斤几两？

你不肯一起种植、养护，一起长大，只想伸手去摘树上现成的果子，你不怕被养树的人砍了手就算了，但那样的果实你真的吃得安稳、吃得香甜吗？

你哪里有我这样坐拥一家幸福，同甘共苦，又从没放弃过自身美丽的底气和沉着。

因爱前行，再苦再难总有人一起在夜里握着手。

因功利前行，你得到再多，心里也不能确定被爱。

我曾听过两个人的讲座，一位是首富夫人，另一位是德高望重的领导，他们都着重提到一个字：爱。心里有爱的人才会有大无畏的目标，才会有更多行进的勇气，相比之下我需要学习的还有很多很多。

我不知道你们怎么想，至少我是把爱放在第一位的，因爱而无坚不摧，充满温暖。

我并不善于写这类说教式的文章，观点表达也许杂乱不明确。请原谅，我只是想用一个简单的故事帮你设想下，我想"绫"假如留在小镇嫁给了最初的爱人，也许今天她会更幸福！

讲述者：陈斯若

2.致前任：我曾天真赤诚地爱过你，如今终不在人海怀念你

W先生：

嘿！好久不见。

其实我也挺意外，分开这么久，还能给你写信，毕竟，嗯，我们分开的时候场面有点难堪。

现在，你有良人在侧，我有自己的烟火人间。只有毫无羁绊和牵挂，才可以像老朋友一样开诚布公地讲一讲我的这些年。

W先生，说实话，我们从十几岁的少年相识，到二十几岁，做了这么多年的兄弟，从前从未想过，我和你之间会牵扯到爱情这个东西。

你曾在瑟瑟寒风里接过我的背包，递给我一杯尚冒蒸汽的热饮；

漂洋过海，举目无亲，只有你在我的身旁；

曾在我仰慕的少年结婚时，带我尝试各种方法，摆脱我爱情大如

生命的颓丧；

我曾在你人生失意的深夜，骂遍所有令你不快的路人甲乙丙丁；

陪你出席前女友的婚礼，面对新娘心有不甘的挑衅和讽刺在酒席上短兵相接、大杀四方；

曾在你念念不忘旧人黯然神伤的时候，安静地陪你走了一段很长很长的路。

还是好朋友，比爱人长久。

我们一起吃饭、打球、喝酒、唱歌，声色犬马，肆意江湖。我们以最佳损友的角色，在彼此的生命里横行霸道了这么多年，最后却因为一场爱情而老死不相往来。

真唏嘘。

我也不知道自己是什么时候喜欢上你的，也许是每次失眠你开着手机陪我聊天的那些深夜；也许是这么多年打打闹闹的那些瞬间；也许是那一次，有个女孩从别的城市来找你，你带她去吃晚饭看电影，我气得喝了好几瓶酒，最后酩酊大醉借着酒劲打电话骂你的时候。

如果只是朋友，我宁愿每天暗藏心事和你聊上两句。

不曾拥有，就不会失去。

可我们终于还是心存侥幸做了一对傻瓜。

你把我从大排档里拉出来，把我甩进出租车里，眼睛里写满了愤怒。我从来没有见过你这样，吓得瞬间酒醒，又觉得自己很委屈，莫名其妙地哭了起来。

你叹了一口气，摸了摸我的头，神情专注地看着我的眼睛，郑重而严肃地说："我们试试吧。"

最初的那段时间，我们都是快乐的。

　　我天生长着一张大脸盘子，你总喜欢捏我的脸，取笑我大脸猫。你总在我开心犯傻的时候，宠溺地摸着我的头。你记住我每个月大姨妈的日期，严格禁止我在此期间吃冰。你在我深夜失眠的时候，隔着电脑屏幕陪我夜话到天明。

　　你能从我每一个面部表情里推断我心情好坏，你在我失意委屈难过不安的时候拥抱我笑着打趣："没事没事，天塌下来，还有我这个个高的顶着呢。"

　　后来想想，其实我们也有过那么多温暖美好、千金不换的时候。

　　在过去那么长的岁月里，你曾是我漫漫人生的终极梦想，我曾经想过在未来的每一个画面里都有你的参与，即便到最后我们形同陌路、再无瓜葛，但是如果说我曾经想拥有一个人的全世界，那个人一定是你。

　　我们曾相爱，想到就心酸。

讲述者：左岸

3.给自己的一封信：你值得更好的生活

我已经忍你很久了，和你相伴了二十多个年头，可是为什么你明明知道我的存在，却总是拒绝面对我，总是选择逃避？外面的世界真有那么精彩吗，会让你迷恋到忘了我吗？

你知道吗？我有时真的很生气。我知道你白天上班很辛苦，所以晚上总想着休息一会儿。可你又怕我在你耳边唠叨着你那还未完成的梦想，所以你总让自己假装很忙碌的样子，忙着刷朋友圈，看娱乐新闻，看电影和电视剧，来骗我说你其实很忙。我都理解你，可是却又很不安，为你担忧。

你知道吗？你现在已经好久没有提笔写字了，也没有看书充电了。你知不知道你现在变得很懒，拖延症已经快深入骨髓了？你知不知道你现在的状态很糟糕，让我不禁开始担心你的未来？你不是一直都很想去那个远方吗？那里有诗，有一群敢于践行梦想、活出自我的人，有十里桃花，也有人会在那里等你。你还记得这些吗？

　　有时候，我很怀念以前的你。无论是高考，还是上大学找工作，你一直上进努力，朋友都说你是行走的鸡汤，每天正能量满满，和你在一起觉得世界是美好的，未来是光明的。

　　那时的你该有多骄傲啊，经常和别人谈论梦想，以及如何实现梦想的种种；指点江山，挥斥方遒，眼里充满了光亮。那样**浑身发着光的你**，多招人喜欢啊。

　　可是，后来你毕业了，工作了，你开始变了。工作上的历练，人情中的打磨，让你开始变得世故老成，慢慢地不敢轻易相信别人的好意和真心，敏感而多疑。我知道职场中坏人很多，你那是为了保护自己，可是人间自有真情在，人心有恶就会有善，不要轻易拒绝别人的请求和帮助，只要不违背做人的原则和底线，也都可以有选择性地接受。

　　我很心疼你的改变。我一直都在你身边，我知道毕业后的这段时间你经历了什么，也知道你改变的这一路心路历程。没关系，一切都会好的，你工作的认真与负责、投入和执着，相信其他人和我一样都看在眼里。你朋友跟你说过一句话，我听了很感动。他们说你跟其他人不一样，现在的你很好很难得，就这样保持着，不要变。**不管外界的一切如何变化，我们都要守住初心和纯真，我们一起努力。**

　　没有谈过恋爱是你一直的遗憾。看你一路都是独自扛着悲与喜，没有人能从头到尾陪你到最后，那些画面悲壮而凄凉。可是缘分天注定，并非完全可以事在人为。咱们可以慢慢等，你还年轻，**你那么美好**，总会有个人慢慢走近你，去了解你的喜怒哀乐，会懂得你的心之所向，以及宁缺毋滥。他会明白你所有的好，并对你视若珍宝。既然他在来的路上慢了，不如我们多向前一点，这样遇见彼此的时间也会短些。

所以你该尽你应尽的努力，去上进，去做你喜欢做的事，并且做好，去改善你的人际圈，去做一个向上突破的人。只有让自己成为更好的人，才能遇见更优质、更势均力敌的他呀。

青春不会轻易散场，每一分每一秒你都可以紧握在手里，不让它荒废掉。这取决于你当下的每一个选择。

我知道你其实没变，那些所谓的对外的改变不过是你的保护色而已。你还和以前一样，希望去过更好的人生，能够拥有更多更好的选择权而已。

我爱你，所以我也懂你。不要怕，我一直都在。无论未来如何，我都会风雨同舟，甘苦与共。就这样向前奔跑吧，不要因为怕和别人不一样而失去崭露头角的勇气和机会。

希望你能戒躁戒闹，以更加清净的内心，去做更安详的努力。因为你值得拥有更好的生活。

讲述者：繁华落尽

4.给自己的一封信：我已经不再爱你了

在审视自己的过程中，竟然有种想哭的冲动，泪水中有懊悔、有不甘。

今天刚好是和你认识一周年的日子。然而在我们认识的第七个月，分手了。分手后，我还常常幻想你会在情人节捧着一束玫瑰突然出现，你会在我下班必走的路上突然出现。可是只有在梦中才出现过你的身影，分手后我们从未相见。

偶尔从朋友那里得到关于你的只言片语的消息仍然会失了神，可我最擅长的就是伪装。没来得及陷入回忆的旋涡，便已淡然一笑，似乎早已将你遗忘于江湖。

我们互加了微信，聊了数日，第一次接到你的电话，语速轻快却透露着一股军人的刚毅。你问我在哪里，本来在逛街的我接到你的电话心情更加愉悦。后来的一个星期，每天晚上我去上课，你都会打电话过来陪我聊天，叮嘱我路上小心些，因此，那周枯燥的课似乎也没有那么的无趣。

我们约在了考试的那天，依然记得那天下着纷纷的、不慌不忙的小雪。我披着头发，穿着蓝色的呢子大衣，出门的那一刻没有看到你，给你打电话，你从后面缓缓地走近我。我一回头，你拿着九朵玫瑰花出现在我面前。

路面还有些许积雪，空气很潮湿，我眼中的你带着一点点清新和浪漫。我们吃自助餐你会帮我切好牛排，打车去很远的地方看了我想看的电影，被你的细心体贴照顾感动，却还没有心动。抱着你送的玫瑰花被吃瓜群众狠狠羡慕了一番。

开始的每一天都能接到你的电话，你仔细询问过我的作息时间，总是在我闲暇时打电话过来，我的话向来很少，而你会给我讲许多你的趣事，从小时候讲到现在，每天都是一样的话题不一样的内容，从未枯燥。

买了双滑冰鞋，不敢下楼，给你打电话，你安排好手头上的事立刻赶了过来。扶着我在小区里溜达，你的耐心又让我对你多了几分好感。我们去体育馆，你寸步不离地扶着穿滑冰鞋的我，一圈又一圈，看我越来越熟练，放手让我自己滑一圈。满头大汗的你仍是跟在后面关切地看着我，我们谈天说地。

知道我爱吃甜食，你不厌其烦地去打听哪家蛋糕店的糕点好吃，带我去吃各种蛋糕甜点。即使周末你回家了没办法陪我，仍会订个蛋糕，就像你在身边一样甜蜜。你周末去参加同事的婚礼，我打扮得美美的陪伴着你，你给我夹菜剥虾，把我照顾得无微不至。

忘了爱情从何时开始变化，你渐渐对我失去了耐心，还是我想索取得更多？

你让我用你的淘宝号买东西，我却用它翻看了你之前的购买记

录，看到你给别人订过的花，明明是很久之前的事，可我仍然耿耿
于怀。

终究有了第一次的争吵，我的无理取闹你置之不理。我想和你吵
架，可你总认为感情是经不起吵架的，你只会冷处理。你的冷漠刺痛
了我的心，后来感情一点一点被瓦解。我还没来得及认可你处理感情
矛盾的方式，我们就散了。

直到现在还是会翻看我们曾经的照片，你还是帅得那么不可一
世，我再也没有出现过照片上那么灿烂的笑颜。你的离开带走了我所
有的喜悦。我像个木偶做着该做的事，没有喜怒哀乐。这世上回忆最
伤人，因为我们回不去曾经的美好。

给自己写的信，很想告诉自己，该放下了，我已经不再爱你了。
未来的日子不会再有你的陪伴，从自己的幻想中醒来，带着对未来的
憧憬好好生活。

我没有办法成为你的女神，只能做自己的女王。

愿我们都能成为更好的自己。

讲述者：晓晶

5.给自己的一封信：不想再这么过下去

我想，自己也该给自己写点什么了，不矫揉造作，把此刻的心迹记录下来，也算是给自己的心找个出口。

今天看到大家在朋友圈里晒各自的节日礼物和祝福，才恍然发现自己也是女人，觉得也该想想自己的节日怎么过。说起自己的节日，现在好像就是三八妇女节和自己的生日了吧。

单位今年三八节给我们发的是竹纤维毯和女工户外活动纪念品——洗衣液（我参加的项目是传球接力），每年大抵如此，所以内心也不起什么波澜。给大学的两个闺密各发了个小红包，我们都被各自的生活牵绊，平日联系不多，幸亏今时有微信才能让大家避免许久不通电话的尴尬，还能不定时地知道彼此近况。今晚下班可以给自己做点好吃的，然后早点睡觉休息（因晚上要陪娃娃练琴）。好像除了这些，也不知怎么过了，自己都觉得过得如此贫瘠，如此也罢。

说起生日，记得小时候妈妈给煮几个鸡蛋，吃碗手擀面，有钱的时候还能吃上一顿饺子就算是过了。小时候的记忆很少，这种生日也是自离开家上了初中后就没再过过，一是长大了，二是家里事多妈妈也不记着，再说对于不富裕家庭的孩子来说，生日也没什么可过的。说句心酸的话，时至今日，自己生日的时候，自己都是忘记的，算上先生也不记得给我过生日，即使恋爱那会儿他也不记得，无奈的生活即是如此吧。

一直以来都"变态地"觉得自己太过普通，上学时成绩普通，考个普通的大学，然后普普通通地毕业，最后也是机缘巧合地找份外地工作，从此在离家甚远的小城工作生活。

平淡无奇的日子，低到尘埃里的心觉得追求自己梦想的一切都是无力的，工作上像一颗棋子或是一块砖瓦地任凭调遣，生活上更是小心翼翼、顺其自然。有空的时候看看书刷刷朋友圈，有点浑浑噩噩，愈来愈觉得自己已死在了25岁。

心有憋屈，如昨晚一样，躺在床上，黑着灯，任凭泪水浸透枕巾，恨起了带给我伤痛的、活着的和死去的人，想大哭也怕吵着那位和孩子，心里千万遍哭诉着"不想再这么过下去了"，如同行尸走肉般地行走于世间，恨自己，恨字充满心间的时候，自己就是毒物，都说给别人看的文字要美好，所以给自己写的东西也不要太不美好吧。

所以尽自己的力量，善待自己，完善自己的心态，积极热情一点，不是说有人死在 30 岁、埋在 80 岁吗？

所以在自己还没被埋的日子里，努力起死回生吧。

讲述者：淡淡君

6.我却在终点等你，笑里有大写的悔意

– 1 –
为什么不直接约

昨天，路过愚公移山的时候，我买了声音玩具的演出票。旁边一个大学生模样的男生问我他们是什么风格的乐队。就是那种让人心疼的风格，我脱口而出。他若有所思地"哦"了一声。我知道自己有点矫情，因为我又想到了你。

记得我们刚认识时，你给我发消息的方式很特别。你经常不说话，只是安静地向我推荐一首歌，我知道你在找话题，但我就是不回答。

虚伪的成年人，我的朋友小梅经常这么说我们，好不容易碰到个喜欢的，为什么不直接约？

那也不该我先约，我对小梅嘟囔，再说他也没那么好。

我从不相信缘分，但能认识你，真有些运气。

那天我看完话剧，准备约个顺风车回家。你甚至不是第一个接单的车主。因为没有及时联系上他，我丧失了耐心，重新发送了订单，于是才碰到你。

上车的时候，我有点疲惫，连句客套的"你好"都含在了嗓子眼里。因为沉默得有点尴尬，你开始放音乐。

"妈妈对我说/爱情是用任何语言任何诗篇无法描绘的喜悦啊/她用了一生的时间也未能/未能找到它……"

我不由自主地跟着轻轻哼唱起来。你很惊讶，转头看了我一眼："你也听声音玩具？"

如果不是碰巧在你车上听到，我差点忘记，他们曾是我最喜欢的乐队。

我们就这样有了话题，从音乐聊到工作，从工作聊到生活，从生活又聊到音乐。

等我们开始唏嘘当年听歌的青葱岁月时，你猛转了一下方向盘，说："太抱歉，只顾和你聊天，错过出口了，得去前面掉个头。"

于是我们又开始聊音乐现场，从上个月的音乐节聊到四年前的音乐节。原来，之前有过那么多音乐节，你都和我一样，在茫茫人海中欢呼和呐喊，只是那时我们并不认识。

等到你第二次因为走错路说抱歉时，我笑了。

我说："怎么样哥们儿，要不留个联系方式吧？"我感觉今天要是我不主动开口，就回不了家了。

你也笑起来，说："其实刚才我一直在矛盾，如果你今天不给我联系方式，我到底该不该要。我没有说，是怕万一被拒绝，反而会一路尴尬。与其那样，还不如珍惜这次同路的缘分。"

你看，我们刚认识你就这样要面子，就要把压力推给对方。

— 2 —
我们像两个弱智青年

我们第二次见面，已经是一周之后。在我们互相推荐了很多歌之后，你终于妥协了。你说你在小区旁边发现了一个很隐蔽的酒吧。

我们住同一个小区，搭车时就知道。站在我家阳台上，甚至都可以看到你的房间。

我有点惊讶。这是个新建的小区，吃饭的地方都难找，更别提酒吧了。

于是，你得意地带我去看你的新发现。果然是个低调的小酒吧，书架上散落着一些很文艺的书籍和唱片，只是没有一个顾客。

我说："老板一定是有点小情怀。"老板说："调酒的师傅下班早，鸡尾酒都点不了。"然后又补充说，"啤酒也卖光了。"

你略显无奈地冲我耸肩，要了瓶红酒。

半小时以后，老板才空着手回来，气喘吁吁地说："红酒也喝不到了，店里的开瓶器找不到了。"

最后，我们像两个弱智青年，在空无一人的酒吧闷头喝橙汁。你擦了擦额头细细的汗珠，挫败的样子很滑稽，我忍不住笑出声来。

你使劲咽了一口橙汁："不要笑了，本来我都计划好下一步怎么约你了，被这么一搅和，套路都乱了。"

— 3 —
希望你能多爱我

你很忙，第一次搭车时我就知道。那天你说很羡慕我下了班还有时间看话剧。你半年前和朋友开了一家小公司，从那时起就很少十点前回家。

因此我们在一起时，通常都是我等你。你回来的时候总是很疲惫，没有多余的力气听我讲身边的新鲜事。你经常没换衣服就倒在沙发上，我还没注意，你就睡着了。

你的内心深处仿佛藏着无止境的压力，我不知道你为什么一定要这样，我只知道，大多数时候，你并不快乐。

有时我实在想你，就会去你的公司。你说不想让我浪费时间在那等你，所以会不顾我的阻挠，帮我叫车回家。你的态度总是很强硬，没有商量的余地。要是你说我在会让你分心，或许我会舒服一点，但你从来不说。

你经常希望我能多理解你，我经常希望你能多爱我。

我没法体谅你，因为我比谁都清楚，你的忙只是为了自己，不是我们。

偶尔有个闲散的周末，我们就坐在客厅看老电影。你赖在沙发上，我赖在你身上。不想做饭，甚至连外卖也懒得叫。你起身说要去厨房弄盘沙拉，我要脾气拉着你不放手。每当这时你总会环住我的腰，故意弄痒我，让我笑得喘不过气。

有时电影还没结束，你就倒在我怀里睡了。我歪着头看你的侧颜，五官瘦削而精致，仿佛漫画书里走出的白衣少年。

你只是那样安静地躺着，我却觉得幸福得冒泡，偷偷碰碰你的鼻子，希望日子就这么细水长流地过下去。

有一次你醒过来，发现我在看你，就拍了一下我的后脑勺，得意地问自己是不是有点帅。

我翻了个白眼："侧面看还有点想犯罪，正面看简直想撤退。"

"为什么夸夸我就这么难？"你笑了起来。

我说不清为什么不愿赞美你。或许是因为，你笑起来的时候，眼睛里依然会有忧伤；或许是因为，你的想法总是飘忽不定。**我知道你会走，知道我只是你生命中的过客。于是，我每天提醒自己少爱你一点。**

可少爱你一点很难。于是，我努力让自己看上去，少爱你一点。

我们在一起会聊很多东西，从莎士比亚聊到福克纳，从奥斯汀聊到萨冈。你说萨冈十八岁就出名了，而你至今还不清楚每天拼命是为了谁。

我们聊了好多，但从来不聊未来。或许，最初吸引我的，就是你的不安定。你眼中的疯狂和忧伤就像酒花的泡沫一样不可控制，你不会给我安全感，你的爱像走钢丝一样随时会坠落，这让我紧张，又让我兴奋。

－ 4 －
你也只是我生命中的过客

那天是我生日，你答应过我，会早一点下班来陪我。

我特意提早一个钟头从单位溜出来，去理发店盘了头发。然后，我又心血来潮，跑出去买了一瓶红酒想送给你。

你不出意料地失约了。我去公司找你的时候，你正一脸阴霾。我猜你工作上又碰到了不顺，但我不想问。你说你还有几个合同要起草，让我去找朋友玩。

我期望你至少言语温柔地说一句生日快乐，但你没有。

我问你："为什么这些就不能挪后一天，为什么你非要今天伤害我？"你盯着电脑屏幕没有回答，我把订好的话剧票甩到你头上。

我的眼泪忍不住掉下来。你说："不许哭，你要是矫情，我就要开始讨厌你了。"

于是我一个人回家，在电梯里忍不住又号啕大哭起来。我哭了好久，可是凌晨一点你回来的时候，我不再哭了。

因为我想好了，从今以后都不会再在你面前哭。我会像你一样，让自己忙起来。我会像你一样，像个男人一样去对待感情，理智又冰冷。

我要告诉你，其实你也只是我生命中的过客。

看得出来，你那晚有点歉意。于是你问我，这么晚是否还想去兜风。我知道你想倒头就睡，可我还是点点头，虽然心里并不是很想。

我们开车来到永定河边，到处都是黑漆漆的，真的没什么好看的。你想缓和一下气氛，于是告诉我，再往前走一点，就在永定河河床边，周末可以烧烤。

有一瞬间，我想告诉你，我已经不生气了，可我说不出口。因为你毁了我的生日，我不想让你开心。我悲哀的倔强又一次作怪，于是我说："我知道啊，前男友喜欢越野，我们经常来这爬坡。"

你握着方向盘，没有看我，只是轻轻叹了口气。

— 5 —
分手的季节

认识你以后，我有时开心，有时难过，但更多的时候却在较劲。我们谁也不想退一步，于是就这样，跌跌撞撞地一起度过了春天、夏天，还有秋天。

我们最后一次看演出，就是冬天快要来临的时候。

"冷的时候就去四环路/挤上那公共汽车/车上人越多/身上越暖和/冷的时候就去新华书店/翻一本长篇小说/一个故事看完了/冬天也就过去了/冬天千万不要和女朋友/吵架分开过/冬天不是个分手的好季节/和她好好说/给她买一束鲜花/等到春暖花开的时候/你再离开我……"

那天是我第一次讨厌周云蓬，为什么非要唱这首歌，哪壶不开提哪壶。

回去的路上，你终于开口了。你说单身久了，自私惯了，不知道怎么和别人相处，还是先分开一段时间比较好。

我觉得你特别有意思。在我们相处的这段时间里，你多次和我说过你是个自私的人，那种感觉仿佛就是，我自私，但我告诉你了，因此我就高尚了，再责怪我就是无理取闹。

于是我点点头："好啊。"

你说："以后有机会还可以一起看演出。"

我自己都不知道为什么，竟然冲你笑笑，像哥们儿一样拍拍你的肩膀："老兄，你可别，你最好现在就把联系方式删了，我最烦别人拖泥带水。"

其实我好想抱着你大哭一场，就像分手应有的样子。但我没有，我坐在你旁边，开始低头刷手机。

之后我又想，我们第一次见面，你故意开错了路，于是我们不得不绕了一大圈。我想，如果今天你又走错路，我就求你留下。

但是你没有。他只是歪过头看看低头玩手机的我，吐出一口气。

到了我家楼下的时候，你忽然抱住我，我感到你的身体有些颤抖。

我试探地伸出手摸摸你的脸，想看看你有没有哭。

你当然没有哭。我从来都没有见过你哭。你不是个会哭的男人，我太高估自己了。

— 6 —
距离这么近，感情那么远

分开以后，我经常会站在阳台上，看着你住的那幢楼，想象跑过去找你的样子。

偶尔我还会想，要是我从楼上跳下去，估计你就会知道了。

但最后我能做的，却只是数着楼层，定位到你的房间，悲哀地撇撇嘴。

我不知道，你是否也在房间里，遥望过我。

记得我们还在一起的时候，我曾经开玩笑说："住在同一个小区不好，将来分手了，再撞上要多尴尬。"你总是很肯定地说："放心吧，你见不到我的。"

说来很神奇，我们在一起的时候，经常有人按错门禁，或是忘记带卡的邻居请我帮着开门。我总是觉得很烦。可是你离开以后，我每天都盼望门禁会响，却连陌生人都不再烦我了。

有时，我半夜三更睡不着，就会起来到小区跑步。我想你经常很晚才回来，但我终究没有撞上你。

这就是命运的玩笑。相遇时那么不经意，而现在你和我住得这么近，我用尽了力气，都没有机会再和你说一声——"原来是你"。

— 7 —

我们真的都好屌

我们一起买来的花，还都好好地摆在书桌上。很长一段时间，我给它们浇水的时候都会哭。那些没有在你面前流过的眼泪，现在已经快要把我自己淹死。

每次做饭做多了分量，我就会伤心。因为再也没有人会对我说："你先吃，吃剩了给我。"

周末，我再也不想一个人看老电影了，因为和我一起猫在被子里的你，已经不在了。

小梅说我活该。她说："虚伪的成年人，你有没有想过，或许你只要让步一点点，多拥抱他一点点，就能在一起，可是你们却非要通过分手来解决问题。"

因为我想要百分百的爱，可他总是爱到百分之五十就累了，他并不爱我，他只想要轻松自由的关心。

"那你先给他百分百的爱了吗？"小梅反问我。

"亲爱的谁会永远爱你/我们爱的人永远只是自己/爱着那样一颗永不安定的心啊/那是什么样的爱情/又是什么样的甜蜜/自私贪婪地索取/以爱的名义……"

第一次见面时，你就问过我，为什么这么多乐队，我却偏爱声音玩具。我记不清当时的回答，但我现在明白了，因为他们在很多年前，就用情人私语般的低吟浅唱，告诉我生活残酷的真相。

他们告诉我，**爱情很美，又很悲凉**，就像我和你，爱着也不快乐，分手也不开心。我们就像没有安全感的孩子，渴望爱，又惧怕爱。互相折磨到最后，发现还不如故作成熟，笑着说分手来得轻松。

是的，我们都不再年轻，都害怕受伤，都没有勇气放开去爱。我们心照不宣地觉得，天长地久是扯淡的事。我们真的都好尿。

— 8 —

因为固执，注定要错过一些爱

分手半年后，我们还见过一次。那时小区的业主对物业不满意，于是大家决定聚在一起，起草一份文件交物业整改。

我不确定你会去，但我还是精心打扮了一番。

我给小梅打电话，问她我应该穿什么衣服。黑色长裙是我的最爱，但看上去太正式，可是穿件普通的T恤，又显得有点落魄。我和小梅说，我得找一件样式普通但又显气质的衣服，好看但不刻意。

小梅叹了口气，我知道她要说什么。

是的，她又会说我只是虚伪的成年人。我确实是，就像我每天都想见到你，可是如果真碰到，又希望自己看上去对你根本就无所谓。

在一起时，我就在和你较劲，生怕自己爱得多一点。现在失去了，我还是想和你比，比谁失去得更优雅。

于是那天我费了好大的劲，才让自己的妆容看上去毫不费力。

我果真见到你了。你那么忙，我不知道你之所以会出现，是不是因为也想见到我。我的心头飘过一次悲哀，我们曾经那么亲密，现在想见一面，还要通过这么蹩脚的理由。

我们装作漫不经心地客套几句。你忽然问我："空闲时间还写东西吗？"我点点头，于是你笑着问："那写过我们的故事吗？"

"那当然！"我用自己都无法信服的夸张口气说。

"那你把我写成什么样了，一个浑蛋？"

我歪着头看你，然后哈哈大笑，笑得差点哭了出来。我说："还是不说了吧，毕竟，你在我的故事里，坟头草都三米高了。"

你把双手放在口袋里，苦笑了一下："那好吧。"

我忽然想起《情书》里的一句话：如果当初我勇敢，结局是不是不一样。如果当时你坚持，回忆会不会不一般。最终我还是没说，你还是忽略。

我们曾经在一起讨论了那么多文学，却依然不知道如何去爱。

临走的时候，你忽然说："知道吗？**我们都这么固执，注定要错过一些爱。**"

你瞧，就连最后一次，你还是把我的台词抢了。

讲述者：阿恩

7.我们大概都患了婚后失恋症

我结婚一年，但与他已相识多年，觉得婚后的生活与我想象的差得太远，有点无措。

我们是大学时在一起的，那时不同班，但因为社团相识。因为音乐，我们经常在一起，聊民谣，聊摇滚，聊喜欢的歌手，聊爱听的音乐类型。那个时候感觉简直是无话不谈。

他唱歌不太好听，却很会弹吉他、吹口琴。我经常笑他，这么有音乐细胞的人，偏偏唱歌是个短板。

大三的时候，我们在一起了，感觉一切都是那么的顺其自然，但其实他追了我很久。

我是那种只要你不说破，我打死也不会向前一步的倔强女生。对他有好感，但还没好到让我能够不顾一切去告白的程度。

我喜欢吃巧克力口味的冰淇淋，于是一到夏天的每次约会，他都会拿来给我，我每次都吃不完，再塞回去给他。我们还是在一起聊音乐，一起分享耳机，分享我们的歌。

他会经常陪我看电影，陪我吃饭，搜罗全城的美食，只为换我一句称赞——"好吃"。

大学毕业我们就结婚了，可我却觉得，我从此刻开始，失恋了。

我们开始忙于工作，他每天对着电脑，没空陪我。每次我说哪里有好吃的餐厅，他总是说，在家吃不是一样吗？我说同事送了我两张电影票，要不要陪我去看电影，他的回答还是在家看也一样啊。我问他为什么不愿意出门，他说因为我们结婚了啊，我们现在已经是夫妻了，所以好多事情不需要再走一些形式了，不是吗？

婚前我们经常出去，无论是生日还是各种纪念日，总会给彼此制造很多惊喜。反而是结婚后，他不愿意出门，觉得什么都可以在家里搞定，而且他竟然觉得这些都是形式，我真的很伤心。

有一天我在看电视，发现电视遥控器没电了，于是我想要在旧物盒子里找电池，却意外地发现了一部手机。

那是我之前的手机。在我们结婚之前的手机，里面藏着很多我们的短信，我舍不得删掉，就在结婚的时候一并把手机带了过来。

鬼使神差地，我开始为手机充电，并翻看着之前的短信记录，问我有没有按时吃饭，有没有想他，有没有好好照顾自己，有没有好好睡觉；问我最近有没有想吃的东西，想看的电影和想约会的地方……

那才是我想要的生活啊，就算是已经结婚，但你依然爱我不是吗，为什么就不能像以前一样对我、重视我呢？

婚前做什么都是浪漫，婚后做什么都是浪费，从热恋到失恋，只差一个结婚，扛得过大风大浪，却熬不过平平淡淡，十分羡慕那些可以白头到老的夫妻，虽不说有多轰轰烈烈，却一直能让婚姻生活保鲜。

讲述者：SF小姐

8.不约你，只是因为他没那么喜欢你

男人的不解风情，对女人而言不能不算是一件恨事。大抵因为女人多半不喜欢直接，或出于害羞，更多的是考虑到"情调"，所以，想说什么，做什么，要什么，都采用"暗示"的手法，希望对方心有灵犀，一点就通。可谁知你送了一吨秋天的菠菜，对方愣是一两也没收到。

是不是该反省一下？

有部电影叫作《他其实没那么喜欢你》，看过很久了，而之所以今天要恨恨地拿来说事，是因为前些日子接了闺密几个电话，听了不少抱怨。起初我还能忍忍，顺着人家的心意安慰几句，到后来实在憋得不行，就脱口而出了："他其实没那么喜欢你。"

我不知道这样直接地告诉她我的猜测是不是正确的选择，但她告诉我，男生每天有空就发短信给她，经常打电话和她说自己的事情，并且闺密说他什么地方做得不好的时候，男生都说是是是，他

改。但是男生却很少主动约她见面。

虽然是一些很没有营养的短信，但她也是开心的。虽然有的时候她回复了之后，却等不到他的回信；经常打电话给她，虽然只顾着说自己的事，尤其是说自己不快乐的事，从来不顾及她爱不爱听、愿不愿听。

我很想反问她，你可以试试在他很忙的时候发没有营养的短信去烦他，看他回不回，看他怎么回，或者反过来让他听你喋喋不休，看他以后还会不会那么积极地打电话给你。

真的，我觉得他其实没那么喜欢她。闺密反问我，如果你说他不喜欢我，怎么会那么听我的话？我真的很想告诉她，他根本就没有听你的话。你看他还不是一样，该打游戏的时候打游戏，该鬼混的时候鬼混，抽你不喜欢他抽的烟，聊你不喜欢他聊的话题，交你不喜欢他交的朋友。你倒说说看，他听你的话，做了什么？还不是说说而已。

至于不约闺密见面，我就更不能理解了。喜欢一个人，就算不会天天见面，但也会是非常想念的吧！

说他小气？他再穷也不至于请不起一顿饭，不至于不舍得喝一杯茶；

说他腼腆？他再害羞，也不至于没勇气对每天都聊得很热络也单独见过面、吃过饭、喝过茶的女孩子说今天有空吗？

说他愚蠢？他再笨，也不至于不知道想见就可以约出来见面吧！傻瓜也想见自己喜欢的人，对吧？

闺密自己沉浸在这种所谓一个人的喜欢当中，每当她告诉我男生有多么的依恋她，多么喜欢和她谈理想说人生的时候，我就忍不住想要泼冷水。不是我想阻挠他们，而是我觉得如果他真的足够喜欢，为什么他不见面、不表白呢？每次我说他的不好，闺密就会反过来跟我说，你什么都不懂。

　　就算知道你独自一人身在异乡、无依无靠，就算知道你没有约会、没有应酬，他还是不选择见面。他只是不想约你。他不想约你只是因为他不想见你，他不想见你只是因为他其实没那么喜欢你。

　　我真的很想这样告诉她，可是我不能这样说，对吗？

讲述者：树洞

9.并不是所有网恋都能成为芦苇微微和一笑奈何

《微微一笑很倾城》开播的时候，原著党表示自己马上就被炸了出来。看着郑爽和杨洋天天在电视剧里面发糖，不禁感叹就是因为这种小说看太多，才会对网恋心存幻想啊。比如我，一不小心就掉进了网恋的坑，还好现在已经走出来。不过是想跟大家分享一下网恋的经历，希望大家在选择的时候更要擦亮自己的眼睛，慎重，慎重。

大学的生活现在想想还真是惬意，吃饭、睡觉、上课、刷游戏，这可能概括了大部分人的日常。那个时候我是班长，经常负责统计大家的出勤率等等。我可是好孩子啊，不迟到、不早退、按时上课，只是玩游戏确实是我的一大爱好，但也没有到如痴如醉的地步。虽然水平肯定是比不过贝微微的，但也算是学习游戏两不耽误。

那时喜欢QQ炫舞，边听歌边玩，手速要求也没有一般的游戏那么高，所以小玩怡情的状态一直持续了很久。炫舞也是有夫妻任务的，因为这个，就是我认识他的开端。

很偶然的一次，我们进了同一个房间完成任务，几首歌下来大家都没有离开，于是就聊了起来，我在广州，他在深圳，在游戏世界里，这应该算距离近的吧，加了好友，起初就是在游戏间隙随便聊聊，后来加了QQ，加了微信。看了这么多篇"树洞"，发现微信真的是个撩妹神器，好多感情都是从无到有、从虚到实。

我们在一起了一年多，从最初在网上的相识到后来"面基"，不是说网恋都是见光死吗，还好我们还是坚持了一年的。我之所以愿意相信网恋，是因为我的哥哥和嫂子也是在网上认识的，然后他们幸福地走进了婚姻殿堂。

但我就没那么幸运了。第一次和他见面，他来学校找我，我心里还是很忐忑的，之前一直是视频的状态，也会跟我表白，哄我睡觉，也知道对方的样子，但是真的在现实中近距离见到，那种感觉还是很玄幻。我可以碰到他，他可以抱我。

像普通的情侣一样，我们去看电影，去吃饭，不过还有一件事，就是我们还一起去网吧，互相看看对方在现实中玩游戏的样子。我甚至还觉得，这一步大概只有游戏的情侣才会想体验吧，看到他在我旁边认真地玩游戏的样子，我觉得还挺帅的。

这之后我们就从网恋变成了异地恋，仿佛网恋这个开始的小插曲已经被我们忘记，我们变得越来越熟悉，越来越好，因此他来找我的次数也越来越频繁，经常给我买零食，嘱咐我要早睡觉。

但是接下来的问题就变成了异地恋，我们要怎么更好地坚持下去？离开了游戏，我们还有没有其他的共同语言？

开头我就已经透露了结局，我们分手了。没错，我们并不能像电视剧中的贝微微和肖奈一样，在同一所学校，读着同一个专业，又能自己创业，过自己的小生活。现实是残酷的，就算你闯过了网恋这一关，接下来还有更漫长的路等着你们。

我们也像大多数异地恋的情侣一样，就这样输给了距离。

10.庸俗爱情故事

— 1 —
一生总会遇见两个人

每个女孩的青春都是一部《匆匆那年》，总有那么个把在寝室楼下聚众表白或者小广场上为你放烟花的王二傻，最不济的也总有个小男生偷偷往你的书桌里天天塞着苹果或者其他东西。

盘点一下个人情感经历之最吧。

最天真无邪的，小学时第一个喜欢的大头娃娃一样男生，喜欢他的原因是我妈喜欢他，觉得他可爱，后来不喜欢了，原因是我妈因为喜欢他每次都让我把带的休古力姆（一种奶油点心）分给他，比起他，我更喜欢点心。

最欲哭无泪的，初中时喜欢的班草，就叫他Z吧，高中又在一个学校，开学第一天回家，我刚上2路汽车发现Z竟然追了上来，他坐在我后面，跟我说："今晚能陪我出来待会儿吗？"我当时那叫一个心花怒放，结果他接口道："我真的特别难受，求你了，我叫你亲姐都行……"你能想象一个花季少女被喜欢的男生叫亲姐的感觉吗？然后就没有了然后！

最无厘头的，一个二炮跟他哥们儿说："这妞是谁？胸好大，我要追她。"别误会，我没有很大，只是发育得早，后来我和他那个哥们儿交往了，我不喜欢他（因为当时心里喜欢的是Z）。和他接吻时，我撒了一个最没意义的谎，他问我是初吻吗，我说不是，但其实是。因为不爱，所以不想说是。

有这样一句话：人一生总会遇见两个人，一个惊艳了时光，一个温柔了岁月。

我想如果按正常的顺序真是一场皆大欢喜，而按照相反的顺序，就是一场逆流成河的悲伤，而我的遭遇就是那条逆流的河。

— 2 —
平凡的姑娘和财主家的儿子

其实我是个非常平凡的姑娘，却不知为什么会遇上离奇的遭遇。

L应该算是公认的校草，高二已经一米八八的个头，一手漂亮的三分球，长得也是鼻子是鼻子、眼睛是眼睛的，睫毛还很长，就是眉间的距离有点宽。

当然这不是重点，重点是他家真的很有钱，随便投资开酒店的那种土豪，大学时就买了车，毕业后就买了游艇。

然后就是这种财主家的儿子，我们初见时他手里的饮料竟然掉在了地上，我想他后来一定一万次后悔当时的自己显得多么没见过世面和年少无知，恨不得回去踢死一时不察的自己。

而我当时轻蔑地想，这个人竟然想用这样的方法吸引我的注意，当自己是拍广告的吗？我可是见过世面的！

随后，我便低下头，像受惊小鹿一般地离开了（想想自己当时真是绿茶婊）。

再后来L为我做过很多事：

比如我当时是个文青，作为体育特招生的他竟然天天看纳兰容若；

比如我迷恋韩剧，他竟然冬天穿着一件T恤跑到天台上给我放烟花；

比如后来我爱上了S，他在一夜里发了1536条信息给我，所有的信息都只有3个字，我爱你。

后来我想，如果时间可以倒流，他大约想发的1536条还是3个字：呸、呸、呸……

我不知道自己是从什么时候开始一点点喜欢上他的，也许是经过他们班透过门上的窗，看见他上课睡觉时安静的样子；也许是我和班里的男男女女一起玩真心话大冒险，总是站在班级门口远远看着我们却从不加入的委屈的样子；也许是毕业前夕的天台，他认真地问我，你有一点喜欢我吗？那一刻，满天的星光洒落在他的眼底，我说，现在还没有。他说，我明白了，那就先做朋友吧。

于是，我的后半句最终没能说出口，那半句是，也许我们可以试试在一起。

— 3 —

第一次疯狂爱上一个人

后来，我们终究没有在一起，因为刚进大学，我就遇见了S。那一年我大一，S大四，那是我第一次爱上一个人，疯狂而着迷。

后来，我想自己爱上他的原因大概有如下三点。

因为之前就读本市最好学校的唯一一个文科校中校班，班里一半是纯花钱进来的借读的，曾有同学真挚地对老师说，老师我真的认真背单词了，但我10分钟都没背下来一个单词……此类惊世之语，感情的表达方式也往往简单粗暴，比如我喜欢你、想跟你处对象。比如你要是也喜欢她、不服单挑（所以我们班最后一排的凳子横竖都是有缺损的），却从没有人认真思考过女生喜欢什么。而S无疑对这个问题有着深刻的思索和独到的见解，具体可见大学自习楼五楼一扇窗框上写满了"S我爱你，S我也是"的窗户。

S的确很优秀，他是双子座，一半天使一半魔鬼的个性，天使的一半表现为才华横溢、聪慧灵动，比如精通琴棋书画、IT、金融。他学金融专业，全校分数最高的专业，是学校的文艺部长，自学了网站编程，后来去做了奢侈品，实在是个牛人。魔鬼的一半表现为天性冷漠而且极渣极虐，比如第一次在一起，我真的是第一次但不知道为什么没有见红，我觉得很委屈，跟他说我真的是第一次。他说，哦。

S身上有太多我梦寐以求却没有的东西，比如会唱会跳会说会写的，静如处子、动如脱兔，比如敢放掉一切去追求和坚持梦想的勇敢和坚定，比如永远清冷到极致令人心碎的寂寞。他的身边总是围着很多人，文艺部里的部员，朋友，妹纸，却似乎谁也无法真正走进他的世界，却更想尝试，不惜弄得自己头破血流。

10月，是他离校前组织的最后一场晚会，那一夜他唱了一首英文歌，然后哭到难以自抑，哭到教导主任最后上台把跳藏族舞的小姑娘给自己的哈达献给了他。在那一刻，我终于确定了一件事，我爱上了他。然后我做了这辈子最勇敢的一件事，把在超市刚买的打算带回寝室用的心形抱枕献给了他。

我和他在一起了。我告诉L，你忘了我吧，我遇见自己爱到忘记一切的人了，然后就有了那一夜的1536条短信，可当时的我怎么可能回头，正被S迷得七荤八素、四脚朝天。

而和他的问题却越来越多，我想是我的勇敢打动了他，他对我只是喜欢和好感，不是爱。每次争吵，他从不哄我，只是默默离开或挂上电话，等我冷静下来去找他。他的电脑用两个前女友的照片拼成了桌面，我让他换掉，他却生气地说，就算换了，她们也依然存在……某次两个人一起畅想未来，他说将来一定要给爸妈买1000万以上的房子，我说那我爸妈呢？他说你爸妈可以住我爸妈以前的房子……此类经典案例不胜枚举。

我们在一起四年，八次开学他没有一次送过我，每次送我的都是L。第一年我对自己说，都一年了，坚持下吧，第二年会好些。第二年我对自己说，都两年了，坚持下吧，第三年会好些。第三年我对自己说，都三年了，坚持下吧，第四年会好些。第四年我对自己说，别再勉强了，让他走，放过我自己。

分手的那一天，我们抱头痛哭，他说不是不爱我，只是想要无条件地爱他、无论怎样都支持他的人。我的心底却只有一句——你值得拥有……这活老娘不干。分开后，我丢掉了和他的一切，只留下了一张大头贴。闺密不赞同，说这张上面的你照得不好看。我没有告诉她，因为那一张他低头看着我的长发，一种恍若深情的错觉。

我用了四年的时间去强迫自己看清，他真的只是不爱，仅此而已。

— 4 —
感谢出现在我们生命中的人

我并没有和L在一起，L是摩羯座，他的付出和包容会到一个极限，然后收回，再不回头，我不想走到那一步。

时间的镜头被无限拉长，我想起高一那一年，我本该第一次遇见L，那天班里的女孩吵着，去看那个一米八八的帅哥。那一天我没戴眼镜，我想反正看不清，算了吧。

其实从第一次开始就是错过的。回忆中穿着粉色衬衫的少年英俊羞涩的脸，回忆中女孩胖嘟嘟却未经世事的干净纯白，后来这份天真经风霜雨雪、岁月斑驳、流年蹉跎、缘分辗转，成为午夜酒醉提起的一段少年往事，在天明的第一缕阳光中烟消云散。

属于我们的时间，只停留在十七八岁的花季雨季，而之后的所有继续和牵缠，都成了靠着回忆的余温苟延残喘的渣滓。

那些出现在我们生命中的人，他们或者用强大的爱给予我们全世界的温暖，或者用彼此伤害最终教会我们原谅与懂得，或者陪伴取暖度过一段寂寞时光各取所需、各自离散，或者流过身体不留痕迹，一场关乎欲而不关乎情的碰撞，都是成长的代价。

经过生命的形形色色的人，绘出的就是一卷浮生。

讲述者：桃之夭

11.我也不想沦为河东狮

婚后的我性情大变，渐渐褪去了温婉的外衣，颇有点母老虎的张狂劲。怀孕那会儿，这种恶习是"小荷才露尖尖角"，直到生完孩子，这种秉性便有了蜘蛛网般的扩张。力度跟频率都开始大幅度提升。我称之为间歇性狂躁症。

一次我在水果店买西瓜，结果拿回家一称，居然短缺了一斤半，气愤异常，若按我婚前的性子，就老实认栽了，大不了以后不再光顾那家水果店。可是那天我风风火火地赶去讨说法，不依不饶地申讨奸商。老公说我那天的表现太彪悍了，在我娴静似水的外表下，潜藏的爆发力不可估量啊！我告诉他，我们挣的每一分钱都如此辛苦，我决不允许别人占我便宜。

渐渐地，在外的这种强势状态也流入了家里。老公乱扔一双臭袜子，在外面应酬回来晚了，我可能都会恶语相向一番，指责他生活习惯不好，工作、孩子已经让我心力交瘁，他还要给我添乱。很多时候，他在我的怨言面前选择一笑而过。

在女友面前，我戏称老公是金刚不坏之身，挨得住我的枪林弹雨、狂轰滥炸。他一选择躲，二选择充耳不闻，所以婚后我再大的嗓门也能被他的隐忍给掐灭。这点聊以欣慰。老公包容忍让的高贵情操，曾一度被我在闺密面前宣传褒奖。

孰料前一分钟我称赞的话音未落，后一秒钟一场家庭纷争就铺天盖地地席卷而至。这个前后的衔接真是颇具讽刺性。老公真是不鸣则已，一鸣惊人。

事件的起因是他这段时间终日沉迷于网络游戏，有点走火入魔的症状。于是我怒不可遏地爆发了。我永远都不理解网络游戏在男人的生命中，所占据的比重会如此之大。他可以延后用餐时间，可以对孩子的哭闹不管不顾。我愤怒地拔了他的电脑插头，狠狠地数落了他一顿。没想到这次他居然反击了，咆哮了，罗列我的罪行，细数我这几年来给他甩过的脸子。言下之意就是对我的臭脾气已经忍无可忍，不要把他先前的沉默退让都当成是福气。在他眼里，我俨然就是泼妇一名，没了婚前的半点风情。

曾经在同学、朋友眼中，我是公认的淑女，温婉贤淑，善良大方。只是在婚后，我早已被生活的琐碎，蚕食掉了本来的面目。面对镜中的自己，我都不愿相信，这还是从前那个知书达理、善解人意的自己吗？

四年前，我跟他差不多是裸婚的。他老家在北方农村，家庭条件很差。没买房之前，先住我娘家，权且过渡。结婚时，我没要他家一分彩礼、一件首饰。结婚的酒席钱以及其他所有费用也是靠我们共同攒下来的钱支付的。为了省钱，我给自己挑选的钻戒是迷你型的，为照顾他男人的自尊，我自圆其说地坚称自己手指纤细，弄个粗犷的上去不伦不类。

我不是个爱慕虚荣的女人，我不过分追求物质，可以省略的，我都一一给他免去了。只因我坚信他是只潜力股，靠我们自己的努力，同样可以过上好日子。

双方老人的家境都不富裕，我们不能一直生活在父母的庇护之下。有了孩子以后，我对自己更是节衣缩食，自己的工资全部用来负担儿子，把他的钱全部积攒起来。我深知日后关于房子、车子、孩子的教育，我们会有太多庞大的项目需要去承担。现在对自己抠一点，是为了换取日后更好的生活品质。

单位的同事，在自己生日、情人节当天，都喜欢拿着老公送的首饰出来炫耀，而我自己的心酸只有自己知道。我并非是要蓄意攀比，结婚四年来，没有给自己添置过任何一件首饰，我一点都不贪求任何昂贵的礼物，因为这几年来，我已经学会了朴实无华，凡是中看不中用的，我绝不会去涉足。

可我还是希望他能宠爱我一些，哪怕是一块廉价的巧克力，略表一下心意，我也会欣喜不已的。可是他从来没有花过这方面的心思。其实女人在意的都是细节，只要在细节上你关注得巧妙到位，她是不会畏惧跟你在一起的吃苦受累的。

这些年来，我是沦为了河东狮，在他面前吼的次数也越来越频繁，只因不堪生活的重负。

其实，我也希望自己是养尊处优的公主，满头珠翠，遍体金玉，住大房子，开豪车，不用为生计犯愁，日子不用斤斤计较算计着过。可是衣食住行，哪样不得操劳？为了几块钱要跟小贩讨价还价，每一笔日用支出都要货比三家。

我变得粗俗了，素面朝天，不舍得买化妆品，不舍得做发型，不管是容颜上还是心态上，我都跟过去有了截然的反差。这种下跌的身价是我想要的吗？

我也喜欢风花雪月的东西，我也希望有足够的金钱把自己装扮得美美的，让自己、让他看了都能赏心悦目，心花怒放。可是在柴米油盐酱醋茶面前，我甘愿下跪，甘愿变得粗枝大叶。

生存的必需品，我需要一样样地罗列购置。婚姻里，女人追求的永远是实质性的东西，我需要把婚姻这座空城堡填充满，这样才能维系它的长久。

六六说，婚姻承载不起任何浪漫和幻想，它就是个事务性工作，与会计事务所、律师事务所的性质一样。你每天和你的partner要处理的是账单、收入、分配、孩子的教育、社会关系、房子的维修……概括得太贴切了。

婚后我忘却了撒娇，学会了坚强；我言辞不再温文尔雅，学会了扯嗓门、爆粗口。我想不属于"公主"阶层的已婚妇女，在为房子、车子、孩子奋斗的路上，都会经历这个演变过程。很遗憾，我们确实没有朝高端进化。我们一直行进在一种低端模式里，只是为了获取更有品质的物质生活。

很不幸，我，甚至还有无数批无辜的女人，因为这种婚后的蜕变，沦为了男人眼中的河东狮、粗俗不堪的市井泼妇。

其实在婚姻这条道上，**女人需要瞭望、穿越太多的迷途，一旦肉身跟情感在行进中有了干扰和伤痛，便需要发泄掉这些残存在体内的毒素，因为她一个人无力支撑。**我对他撒野，因为他是我的男人，是我身边最亲近的人。而他的理解力永远不能穿透表象抵达本质。

男人有时候并不了解女人的属性。男人可以依靠自身来消化社会压力，女人不行，她们需要呐喊，需要发泄，当然更需要男人的抚慰。男人的义务便是倾听我的牢骚，祛除我体内的杂质。

我把他当作出气筒，并不是要折损他的自尊。我永远不会放弃，虽然他不能带给我优质的生活。因为自从嫁他的那天起，我便决定要与他甘苦与共、不离不弃。

她们说：
—你配得上这世间的所有美好

第四章

1.傻姑娘，你这样做值得吗

有姑娘曾在微博哭诉：我做过人流，你还爱我吗？

对于人流，人们往往首先将话柄指向女人，说她们不知自爱，而对男人的责任却选择性忽视。

人流背后暗涌的复杂感受，并不是说出来就有人懂。

今天，我们鼓起勇气，启动话题与调查，只为预警、安慰和保护更多女性。

爱情里的傻姑娘啊，你用人流赌过未来吗？

人流，真的无痛吗？

– 1 –

宝贝，对不起

匿名

4月20号晚上刚刚做了清宫手术。宝宝11周+5天突然没了搏动，撕心裂肺。第一次接触，做完手术以后下来，整个人都晕了，走路两腿发软，一直呕吐。没有无痛，比起身体的疼痛，心里更疼。

匿名

做过人流，后悔无比。年纪大了，开始相信人道轮回，几世的修为才可转世为人，我们有什么权利杀害一个生命。去年意外怀了老二，虽然事业正是起步阶段，老大也不到两岁，眼前还是带孩子的辛苦，但我毅然决定要了这个孩子，我不想再犯同样的错误。打掉一个孩子，这一辈子你都背着包袱。我看过那个打胎的动画视频，每个月份打胎是个什么过程，相信每个女人看了都会心颤，一个生命在你的体内肢解、终止，是何等的残忍。姐妹们，如果你还没打算要孩子，请你做好保护措施。积德行善，为爱传承。

匿名

当时听信他的话，没做好避孕措施。可自己还在读书，不可能生下这个孩子。当医生问我要不要时，我想都没想就说不要，回答完后觉得自己怎么那么残忍。之后，他陪我一起照了B超，听到了Ta的心跳声，医生告诉我孩子发育得很好。可我还是自私地把Ta流掉了。

无痛人流打全麻是很危险的，人流对女性的身心伤害真的挺大的。但对男人似乎没什么影响，或许只是会内疚一阵子吧。承受不住这种煎熬，我和他分手了。如果当时我没有流掉，宝宝现在六个月了吧，感觉以后会更加爱自己的宝宝。因为现在自己的身体很差，不知道以后能不能顺利生下一个健康的宝宝。真是对不起，没能让Ta出来看看世界。

匿名

本人30+，一娃的妈，去年意外怀孕，做了一回人流。说无痛确实是无痛，但是对身心的打击比生孩子还大，那感觉就像待宰的动物。手术过程全无知觉，医生见怪不怪的态度，加上自己的心理负担，对我一已婚已育人士也是压力山大。人生一大低谷期，过了一年才渐渐淡忘，真是对生命的侮辱！快乐的同时请尊重彼此，尊重生命！

Or so.

流过两次，第一次怀孕16岁，两个人都毫不犹豫地去做了手术；第二次17岁，他想要生下来，我不肯；第三次怀孕19岁，我们结婚了。前两次人流都是我一个人去的，躺在病床上很无助，做完手术后很久都会想起未出世的宝宝，特别是现在生了孩子以后，一想到就心碎，也偶尔庆幸每个孩子的爸爸都是他。我不心疼那些傻姑娘，但心疼未曾来到这个世界的孩子。

匿名

那时候还不到18岁，和当时的男朋友很相爱，有了冲动。到最后关头，我守住了没让他进去，用手帮的他，但我还是莫名其妙地怀孕了。因为不自知，所以直到孩子七个月时才检查出来，只能做引产手术。我没有让男朋友知道，因为当时我们已经分手了。

爸妈带我去医院，打了催产针，当天晚上就把孩子生了出来。医生说是个女孩，问我要不要看看，我说要。七个月还没发育完全的小婴儿，一出生就死了！那一刻我觉得自己很残忍，我觉得自己在用孩子的生命去换我以后的人生。脑中充满了父母的失望、失去孩子的痛苦、对未来生活的迷茫。我觉得自己好像很脏，不知来源于哪里，无数的念头在一个个深夜充斥在我的脑海里。

CC

我做过一次人流。流产前，检查医生说宝宝非常好为什么不要，姑娘你想清楚了吗？我心中升起一个马上失去孩子的母亲的那种痛，跑出去坐在凳子上大哭。我纠结了两个半月，每天心烦意乱，安静下来的时候我就看着肚子，竟臆想宝宝在动，真真切切地感受到Ta就在我的肚子里，可最终还是打掉了Ta。

我是先吃药后清宫，肚子痛到不行，在卫生间血哗哗地流，孩子就下来了。那一刻我看到了自己的孩子，已经有了人形，我痛苦地大哭。我恨孩子的爸爸，我恨他为什么就不能留下Ta。我扶墙出去接着做了无痛人流。醒来后，我的心里空荡荡的，只有经历过的人才能懂，我的孩子没了！

自此我抑郁了，心情时好时坏，总动不动就哭。我还开始幻想，我幻想Ta长大的样子，幻想Ta朝我奔跑过来的样子。一看到别人的孩子就想到我失去的Ta。现在的我非常非常的后悔。当初如果我决定一个人带Ta，现在孩子都快出生了。希望我的孩子能早日投胎找个好妈妈，希望我的孩子幸福安康，妈妈永远爱你。

匿名

我是易孕体质，怀大宝时就是意外中招。后来一直小心翼翼，可还是出意外了。用试纸检测出的瞬间，我的眼泪一下流出来，因为没想过要二宝，而且中途感冒、口腔溃疡都吃过药。开始验血，HCG值特别高，医生怀疑是双胞胎，要求马上去医院做B超确认。一路上忐忑不安，当听到是单胎时松了一口气。

春节期间不能做人流，节后上班我再去检查，胎儿已经三个多月，不能人流，只能先吃药后再人流刮宫。因为铁了心不要二宝，所以就听从了医生的建议。说是无痛人流，可吃药后一直痛，比阵痛还痛，好不容易流下来后再进手术室刮宫。整个过程惨不忍睹，也亲眼见到了被我们扼杀的胎儿，都已经完全成形，他是那么的健康，而我们却硬生生剥夺了他的生命。

真的觉得超后悔，觉得自己是在作孽。心里的愧疚感、悔恨感一直压抑着自己，无从释放。希望看到的你千万别轻易选择人流，别伤害无辜生命。

匿名

三年前消失了一道爱过的彩虹。彩虹是我给那个早逝孩子取的名字。人流，是一场双方逃避的蓄意谋杀。我和他以爱之名去热烈地爱，得知怀孕后才发现我们不过是一对自以为是的渣男渣女，在那个夏天短暂地爱着，也是一次动物般情欲的苟且。

手术那天，他陪我前往，我们瞒住了所有人，像是我们见不得光的自以为是的感情。躺上手术台，麻药让我很快就失去意识沉沉地睡着了，对接下来发生的血肉分离全然无知。醒来后当麻药退了，巨大的疼痛向我袭来，内心的空洞和愧疚也劈头盖脸涌过来。我无声地大哭。

现在，三年过去了，我已嫁得良人，马上要重新拥有一个新的宝宝，但是想到那一场谋杀，我还是会突然间沉默，是祭奠，也想赎罪。他也是。

匿名

婚后意外怀孕，本来想留下，快到三个月时突然出血，去医院一查，宝宝没有心跳，意味着在我不知道的时候，我的孩子已经离开了我。当天晚上我就住院了，吃下了人流的药片，半夜感觉肚子一阵收紧，紧接着有东西从阴道里排出，我知道那是我的孩子。

由于我是稽留流产，还要做刮宫，当我从手术室出来的时候，已经面色惨白。接下来的日子，我动不动就会想起那个无缘的孩子，是不是我不去巴厘岛旅游，不和我老公吵架怄气，多照顾自己的身体一点，就不会失去这个孩子？我花了半年的时间才走出这个阴影。但是由于刮宫术出了点意外，医生说我内膜黏连，刚好在输卵管附近，我自然受孕的可能性很低。

后来吃中药，各种抽血检查，费了一番功夫才又怀上宝宝。

不管你有没有结婚，都请爱护自己，不要剥夺每一个孩子的降临。

－ 2 －
就当他是劫难，尽快别过，各自安好

蔷薇

我不知道痛不痛，只知道现在做了这个决定的我，很痛苦。如鲠在喉，食不知味。

匿名

为前男朋友人流过两次，也因这件事彻底对他的不敢负责而绝望。在一起四年半最后还是平静分手。如今终于遇到可以托付终身的

人，总觉得因为这件事愧对于他，不敢对他讲，又害怕影响以后，后悔不已。

润

过去这么多年，我最痛的倒不是人流，最痛的是过了很多年突然想起来曾经为之人流了三次的他，就加了他微信，不过只说了一句话就被他拉黑。过去了差不多三十年，他已经忘记了我是谁，在明白的那一瞬间就拉黑了我。那是我的初恋，曾经怀着他的孩子，连遗书都写好了，为了保全他的名誉和自己的名誉去撞车自杀（在我们那个年代，人流还是很丢脸的事情）。所以傻姑娘啊，别以为爱情第一，爱护好自己才是第一！那些为了自己爽快，不顾你身体的人都是渣男！

枯

哪里会有无痛人流？大学舍友工作后马上坠入了爱河，并迅速同居。后来意外怀孕，她自己一个人跑去医院做了手术，特别疼。她男朋友在上班，美其名曰，不上班怎么养你。

那个时候，他们本已决定结婚，是我们羡慕的对象。她做完人流，输液一个星期，但还是落下了妇科炎症。再后来，她在自己的出租屋里目睹男朋友和另外的女人滚床单。那时候，她刚做完人流不到一个月。现在他们分开了，朋友们对此都闭口不谈，但我知道，她真的很难过。

雪

孩子被打掉的那刻，爱情的心也彻底没了，这就是年轻追求爱情的结果。

鱼

高三毕业的暑假，我拿着自己打工挣的一千五百多块，走进了当地的医院做人流。那时我刚好18岁，还有三天大学报到。一个人从手术台上下来后，给那个人打了电话，他却挂了。我打完吊针一个人回家，身上的钱全部用完了，我只能流着泪撑着虚弱的身子挤在公交车里。去大学报到后，15天的军训我没请一天假，在泥里打滚，在太阳下暴晒，我没吭一声。我知道这就是代价。

婷小姐

为前任人流过一次。他没有说娶我，也没有道歉。更不幸的是，我人流那天他要去国外出差两个月。而同一天，我的奶奶过世了。因为人流，我没能赶回家奔丧。对此，我一辈子自责。几年后他另娶他人，那女人怀孕后却莫名流产，后来一直求子艰难。我认为各人各有缘法和因果，他家孩子流产不久，我就顺产了一个八斤二两的小子，儿子聪敏可爱，性格温和讨喜，如果说我对他有所怨恨，也消弭在而今的幸福中了。

匿名

预约了周五做无痛，爱上一个有妇之夫。知道自己罪孽深重，一边自责，一边爱得不可自拔。发现自己怀孕后哭过、闹过、伤心过，找了心理医生聊了许久。前天我和他也聊到爱是克制，都在减少见面次数。最不可思议的是，这个小家伙是在上个月我生日那晚来到的。看到过太多小三的下场，看清了以后的路，我会离开的，开始一点点找回自己。

— 3 —
懂得保护自己，比什么都重要

韩大发

青春期的小女生根本不懂得保护自己，只知道一味地配合付出。就是那个人渣，因为他第一次流产，却在我流产后最虚弱的时候和别人勾搭上，他俩在床上时可曾想过我。

人渣都是没有良心的，还好我发现了，还好我俩的爱情也如人流一样流掉了。还好我现在的老公全都知道，但从不计较。多年以后，自己会后悔，恨自己不懂得爱护自己。人流伤害的是自己。

兔子

我的闺密，在六年前为一个渣男流产过。五个月的男婴是引产出来的。那年我闺密19岁，当时我跑去药店给她买验孕棒，看着她的两条红色杠杠慢慢浮现，讲真，心里疼得慌。

男的没有给她一丝回应，刚开始说要结婚，后来玩失踪，不接电话短信，之后我闺密亲眼看着五个月的男胎在她面前被引产出来，她说那一幕一辈子都忘不了。

匿名

人流不可能无痛，这是有创手术啊！早恋过，也偷吃过禁果，中过枪，记得那时还没满18岁。全麻后迷迷糊糊听到医生说这么年轻，不注意避孕，得刮多少次啊……那时觉得爱就是全部，可以无所畏惧，想想真是天真。

如今自己也做了医生，才真体会到不易，自己是多么年少无知。人流，俗话说的清宫，跟生孩子差别并不大啊。并发症、感染都不是小问题。然而科技发达了，有麻醉，大家没有感受到痛苦，就觉得一小时就解决了，事实上对于子宫和我们的身体，这是一个重创！建议大家去看看《只有医生知道》这本书。

匿名

上半年才做过人流，是第一次。对于我，做人流没有什么不适，相反怀孕一个月的孕吐差点要我命。前男友很不舍，会摸我肚子，会说觉得是个女儿。他把我照顾得很细致，而且这次意外我是有责任的，是我不让他戴套才中招的。

相比起来，现在的男友是最爱我、同时又最负责任的一个。所以这个经历并没有给我带来不快，也没有影响我们的感情，也许还增进了感情。人流，无论如何都是一种伤害。只有成熟的两个人和成熟的真诚的感情，才可以把伤害降到最低。

小清水儿

药流过。记得当时在医院躺着，跟自己说的一句话：这种事情再也不要经历第二次。药流完到体力完全恢复用了两个月的时间。这期间因为是冬天抵抗力又差，还发烧了好些天。

之后我就一直想一个问题：处于什么阶段的女生容易怀孕又去流产？其实刚刚开始性生活的女孩子是很注意的，当性生活有半年或一年之后了，慢慢开始不注意，才有了怀孕的危险。

所以我强烈建议有长期性生活的、并未打算怀孕的女生，吃复方避孕药。这种避孕药既高效又安全。总结了几点：（1）平常多了解妇科和避孕知识；（2）万一做了流产，回家后有什么不舒服一定要去医院，不要拖；（3）有妇科病就要好好调理，尽量不要有性生活，一定要运动，增强抵抗力；（4）避孕药有很多种，可以去了解。紧急避孕药伤身不能吃多，可以叫医生开复方避孕药。最后希望女孩子都要爱惜自己的身体，身体才是自己的。

拾

人流全称人工流产术。见过很多来做人流的，有各个年龄段的，有自己来的，有男朋友陪着一起来的，有想要生下来却意外流产的，有计划之外的。最多的还是未婚怀孕的，这些没有结婚就怀孕的大多数姑娘不会选择生下来，因为没有能力，也无法尽到妈妈的责任。

好多人选择无痛人流，身体没有痛苦了，可心里的痛苦是无法抹去的，无论是因何做人流，见到的每个人心情都很沉重，有舍不得，也有无奈，毕竟肚子里的也是一个鲜活的小生命。所以，无论何时，不管是没有做好当妈妈的准备，还是不想承担这个责任，我们可以放纵，但一定要保护好自己不受伤，我们也应该学会珍惜自己，尊重生命。

匿名

手术前会用一种药，是帮助扩张的，根据每个人体质不同疼痛程度不同，过程和术后是不痛的。其实现在避孕措施已经很多很普及了，很多人并不是忽略了避孕，而是真的"放了心"，后来又不得不带着失望和绝望选择了人流。所以人流后痛的是心吧，心里空落落的像被悄无声息地剜走　块。

LC

从来没有人流过。可能多要归功于我是学医的缘故，而且研究生专业是妇产科。在临床上见了太多来人流的，大的四五十，小的才十三四岁的也有。最让我震撼的还是第一次见习人流手术的时候，虽然经历没有在我身上，但那种心痛和残忍却是钻心的，那是一条无辜的生命啊，他还没来得及看一眼世界就被扼杀……也见惯了很多子宫肌瘤、子宫腺肌病患者怀不上孩子来治疗。究其病史，多是有多次人流史。我听到最多的有九次，我的小心脏啊，人流对女性的伤害太大。所以，我建议不打算要孩子就好好避孕，冲动是魔鬼。希望所有的姐妹好好疼惜自己，爱惜小生命，对自己负责。

匿名

2015年我做过一次无痛人流，怀的是与一位拉丁裔的混血儿。因为我父母极度反对结婚而决定分手。身体只要照顾得好，没有什么太大问题，心里却从来没有好过。无论是对那个人还是那个宝宝，都是无尽的悔恨。如果有了孩子，又是爱的人就坚持吧。

暖暖

我是一个已婚已育的90后，没有结婚之前有过一次人流的经历。现在无论何时想起来都会难过，无论何时看到这两个字眼，心口也会被刺痛……虽然最后我还是跟他在一起结婚生子，但是这些惨痛的经历实在太难忘。所以要加倍爱自己，保护自己！尤其是未婚的小女孩一定要学会保护自己！

匿名

大学还没毕业就怀孕了，我们很相爱，但无法承担责任，只能选择流产。当时做的呼吸麻醉，没想到那么疼。全程男友都陪着，包括后来有点积水，也是男友陪着去看医生拿药。现在身体也很好，就是月经血量比之前少了点，其他都很正常。在人流后一年，我还特别为宝宝念了《地藏菩萨经》，人流后两年也祭拜了，希望宝宝能投个好胎。人流之后会更加珍惜生命，我感觉自己成熟了一点，算是从一个负能量话题里得到的一点正能量吧。

匿名

我最近在两个月内做了两次手术，我也很气自己，为什么就那么不长记性，还要不要命了？虽然两次都去了本市最好的医院，住了最贵的病房，用了术后恢复仪器和药品，但我很清楚"无痛"背后是对自己身体巨大的伤害。

2.你和前任，还有联系吗

　　我常想象，十年后我若遇见你会是怎样的情境：你最好大腹便便、早年秃顶，你最好得了你所爱的人却并不快乐……而我定要在你面前轻描淡写、不着痕迹地叙述自己的得意，然后再回家躲在被窝里，为我们失去的痛哭流涕。

　　生命中，我们会遇见和错过很多人。每个人都像夜行的路人，路过的灯不止一盏，赶的路也不止这一段。

　　谁不想跟一开始就牵手的那个人走到最后？就像电影《我想和你好好的》中倪妮饰演的喵喵和冯绍峰饰演的蒋亮亮那样：我想和你好好地在一起，没有争吵，没有误解……只想这样，好好在一起，相互依偎一辈子。

　　然而爱上的感觉有多美妙，现实就能有多狗血。激情消退，现实露出狰狞面目，有多少人能放下内心的执着，有多少感情能扛过岁月的磨折，有多少情侣最终形同陌路。

当我们热烈而决绝地爱过离开后，再遇时是否已缝补好心房，可从容面对？

或许，能遇见是幸运，能错过也是。

老死不相往来，还是一别两宽，各生欢喜？人生中有些因缘际会终是无法掌控。

我们有前任，我们就是前任，所以是否还能或者说还有必要以朋友相称？

听听她们的故事吧。

— 1 —
不打扰，是我能为你做的最后一件事

嫣儿

他说要自由，最后我便给他全部的自由。所有联系方式已删，他对我多说一句话，我都以为他还爱我。

木子

前任，异地恋三年，冷静之后一个不再联系、不再打扰的人。他说，你若安好，我不打扰。最终，我们败给了距离，我还是失去了你。不想做朋友，我那么喜欢他，怎么甘心做朋友呢？可我还是想要你过得好。怎么办？我爱你……

无所谓

他也关注你们公众号，我知道他会看见，今后我不会再打扰你了，哈哈哈哈，我已经不喜欢你了。祝你开心每一天。

YUUKSUM

我与前任在一起三年半，如果今年的四月八日没有分手，那么就在一起四年了。我们是从初三临近考试开始谈恋爱，他比我大一级，大两岁，陪伴我整个高中时期。我们都抱着结婚的打算，没想到还是分手了。我们彼此很相爱，但是很爱吵架，吵了三年，爱得死去活来。分手后，我们当不成朋友。就像他给我最后一条短信，他有他的生活。从此我做到不再打扰，这是我最后的温柔。

你若盛开

爱过的人，不会是朋友。分手两年多了，我还在他的黑名单里。我还记得他的电话号码。

贝壳小姐

因为爱过，所以不再打扰。因为要对自己负责，所以不会保留任何信息，才能勇敢地往前走。我有一千种见他的理由，却没有一个见他的身份。

麻婉瑜

我们分开就不能做朋友了。十年来的感情让我们之间的关系不只是情侣，更是亲人，我们很爱很幸福，狮子和射手不能再搭了，我们的青春都给了彼此。2012年12月21日，我们一起度过了世界末日，却不能度过活着的一生。我相信有平行时空存在，也许在那个平行时空里我们是在一起的，真羡慕他们啊。爱不爱、适合不适合、能不能在一起是三件事吧。

包包

关系说不上好与不好，只是不再联系。我们最后一次见面，是分手20天后在电影院门口。我看到他，走过去想打招呼，他给我一个手势制止了我，然后我就看到一个女孩过来挽着他的手从我身边走过，我们没有说话。我认为可以做朋友，但是我们做不成朋友，因为我还没有放下他。最后一次聊天，他一直没有回复我，后来说是做朋友，可是某一天来我空间看了看后就把我拉黑了。

静怡

分手没有拉黑，因为挽回之后觉得他确实不爱我了。分手过去了一年之后，因为有共同的好友群，终于觉得可以做回普通朋友。不过也仅限于群里偶尔的搭话，没有私聊没有见面，打开私聊界面还是分手挽留的那天。我说了最后一句"不好意思打扰了"。很感激能遇见他，承认爱过，也承认因为某些原因不爱了。但总觉得后来的我慢慢活成了他的样子，他不在我的生活里，却还在我的生命里。

自由行走的花

我和前任已经分手五年有余了，这期间我们偶有联系问候。其实我们都爱对方，只是不知道为什么，我们都没有勇气跨出复合的那一步，或许是怕再一次伤害彼此吧。后来我就告诉自己，如果我二十五岁未嫁，他未娶，那我就去找他，然后嫁给他。可能是月老心情不太好吧，就和我开了个玩笑。去年四月，也就是我二十五岁生日的前一个月，朋友告诉我他交了个比他小三岁的女朋友，那一刻我知道我彻底失去他了，他再也不可能是我的了……

　　五月初八，我二十五岁生日那天，一大早我独自去爬大香山，替家人祈福求平安，为自己做一次了结，晚上和闺密们喝得一塌糊涂，那是离开他以后第一次喝酒，结果醉得像条狗。我使劲哭，哭累了我就趴在桌子上睡，稍微好点我又爬起来喝。那晚闺密也陪我醉了一次，我不是一个人，我还有爱我的姐妹和家人。就这样日子不紧不慢、不痛不痒地过着，圣诞节前夕，朋友告诉我他要结婚了，婚期是平安夜那天，我以为这大半年我已经将他忘记了，可最终还是骗不了自己。那天我去西安找了闺密，她陪我疯了一天，吃了一天，最后撑得难受像条狗，我还剪了留了五年的长发（他不喜欢我剪头发，说长发的我好看）。夜晚我们去了丽江火塘，看着吉他手的身影，我再也忍不住了，他也曾因为我喜欢吉他而报名特意去学习弹给我听……

　　所有的事历历在目，而他怎么就娶了别人？我不甘心，可又能怎样。我至今还戴着他送的吉他拨片项链，朋友劝我别戴了，我执意不肯，我想等我遇到那个可以让我心甘情愿摘下这条项链的人……我想我应该会等到吧。

Karen

　　分手的时候，他和我说："我们以后一定不会再说话了。"我说："不会啊，我们还是朋友。"但事实证明，爱过了，还怎么能再做朋友？分手那几年，他还是有找过我。他还想加回我微信，但我回绝了。此刻彼此都有良人在旁，又何必打扰对方？就让我做一回中国好前任，彻彻底底地消失在他的生活中吧。毕竟彼此相爱过，相忘于江湖是我现在唯一能为他做的事情。

Moomo

这是我们最后一次聊天记录，他就回了个"哦"。

Rosita

和前任分手后，我觉得不能当朋友，除非是其中一人对对方还有感情。我和我前男友就是这样，关系很微妙。我们分手四年了，到现在我对他都有感情，即使他要结婚了。因为他知道我对他的心思，所以他从来不会主动问我什么，基本上都是我在联系他。我记得他的生日，记得他喜欢的东西，什么都记得，可他什么都忘记了。他也说过他现在也不太方便接我电话，我很难过，我觉得我和刚分手的时候没什么区别。他对我的好我一直都记得。我爱他，可我们之间不可能再在一起了。

Tinna李

农历二月二十三日生日那天，你早早送上祝福。记不得多久没联系，想起上次生日你买来你小时候吃的奶油小方和我爱吃的黑森林，还有冰激凌蛋糕，简单开心地过了我28岁生日。今天我还想你。

诺玛

和前任？永远不会联系，也永远不会忘记。我们相识于2004年高一，他爱了我整整十二年。这期间分开过，后来走到一起，我一直对他深爱不起来，却不想失去被爱的感觉，总之我是极度自私的。后来我劈腿了，被他发现，原谅了我，我和第三者没有马上斩断情丝，终于在一次又一次的失望中，他选择永远离开我。打完最后一通电话，他换了手机号码，换了微信，就那么消失了。我万箭穿心，却也不曾再去打扰他，因为真的不可能回去了。他用了不到半年的时间，结婚，像其他人一样，得到了自己想要的婚姻。我不知他是否还爱我，但我祝福他。我现在所受的孤独的煎熬，都是我自找的。

SHAN.

跟最近的一个前任，都在彼此的微信名单里躺着，可再也不会说话了。朋友圈也不会互动。

－ 2 －

不会做朋友了

兜轰轰

不联系，不明白为什么要和前任做朋友。之前从前任嘴里亲口说出的话：一个成年男人为什么要单独和一个女人吃饭，肯定是想睡她。还有就是，所有分手后说还有感情又不打算重新在一起的人，无论找什么样的理由都是短择（选择一段短期的恋爱关系）而已。男女都一样。与前任不联系，对自己负责，也是对现任的尊重。

Ye'er

不能做朋友！朋友又不差他一个，本来就不是奔着做朋友的心态跟他开始的，结束的时候为什么有做朋友的心态。我现在的心态是"愿意拿前任的生命来换取一生的天晴"。所以，你说我怎么还会保留什么记录。确实，当时热恋甜蜜时，老爱做截屏，时不时一个人傻傻地回忆甜蜜，但既然离开的时候那么决绝，我删记录删截屏也得跟上节奏啊！

虽然我知道至今人到中年的我，还未可以大度高情商地处理分手撕逼症候群，理所当然被看成是一名不够豁达的"情感矮人"、"卢瑟"！但又怎样，我就是敢爱敢恨啊，爱的时候待你为君王，恨的时候只能相忘于江湖！**我还是少女心，也是玻璃心，永远热泪盈眶，永远热血沸腾！前任，走好！不送！**

小姝

结束，所有的照片，短信，QQ，微信……所有的全部清除。最后一次聊天应该是互相伤害谩骂吧，具体内容不记得。总觉得把前任清除干净才能重新开始吧。

双木

分手就如丧偶。一个月前分手，到现在还没走出来，刚开始想着我是不是做错了什么，不断反思自己，矫情极了。我很想告诉他："我一点都不想原谅你！"对于我来说没有做朋友的可能性了，死生不复相见是最好的状态。

蔷薇姑娘

不好。不可以做朋友。我甚至不想看到关于他的事情，尽管过去了三年，想起他还是不舒服。我不知道怎么评价他，不知道是说他精明能干还是懦弱胆小。曾经我很迷恋他，迷恋他的神秘、成熟。在一起两年，最终我再也受不了忽冷忽热，分开时脑海里只有一个想法：我要快乐，我要离开他。对他印象深刻，是因为他足够优秀，也因为自己的第一次是和他在一起。后来，断断续续联系过，以为他是真情流露，想要重归于好。慢慢地意识到，每次的联系好像都是问我有没有时间见他，换句话说，有没有时间陪他做爱。再后来，断绝所有联系，删除所有的联系方式。如今不恨不怨，也不愿再留恋一眼。

memo

和谈婚论嫁的前任在一起五年，他酒醉后和别的女人上床，还有后续，那女的怀孕了，要把孩子生下来。他和我分手，用人间蒸发的方式离开了我的世界。我用了七年的时间，经历闪婚、生孩子、离婚，再遇到现在让自己心动的男人，那段过去才得到解脱。那句话说得对，忘记前任，除了时间就是新欢。

蒂落

我跟所有的前任都仍是朋友，不联系，不问候，不删微信，屏蔽朋友圈，见面打招呼后走人的普通朋友。我信奉一旦分手就必须立马断了联系，删电话是为了保证自己不会主动打电话过去，不删微信是知道不管他发，还是我发信息，对方不回复也不用太尴尬。无论是还爱，还是憎恨，都分开了，不是吗？会分开证明不能在一起，无论什么原因。偶尔会怀念，更多的却是无奈。有些人在一起会痛，不在一起也会痛。爱而不得，得之弃之，弃之可惜，还得拒之。

HL

对于我这种爱憎分明的处女座宝宝来说，分手了就该彻底断联呀，为什么还要留着做朋友，人缘差到这一个朋友都不能失去吗？而且，何不把曾经的温情留在最美好的记忆中呢？也许会有人说我太极端吧，毕竟深爱过，怎么可能会那么容易割舍。我却觉得，如果放不下，那就不要分开；既然分开了，就放开那些，重新开始吧。

蚊子

当初分手就是出轨，并且跟我一分手就迅速跟三儿在一起，并把所有责任推给别人，怎么可能关系好。有人说分手后做朋友才是放下，呵呵，那是没有真正爱过。尤其是这种原因分手，不撕逼就是放下。

Hooopooo

不联系了，没法再做朋友了，认识六年，可是在我们闹矛盾的时候，他厌了，去见了所谓的相亲对象并暧昧上了。在我最需要他的时候，他和我说家里人介绍了对象不能不去。分手半年，除了追我的，家人也给介绍了对象，还打电话给我爸妈了，一米八四，公务员，家里条件很好，可是我直接拒绝了，看都没看。我用行动证明了，相亲完全取决于自己。最后的聊天是分手快一年后他发的，我一句没回，然后就没有然后了。毕竟一个坑只能跳一次，愿我此生睁大眼睛，别再遇到渣男。

A-吴晓菲

前任希望分手了还能做好朋友，我做不到，爱着怎么做朋友。后来互相删了彼此，只能偷偷从微博关注他所发不多的一点点生活，还是爱着，一直爱着，所以依旧等着，他不婚，我不嫁。

小机灵

不联系也不删除，做朋友还是不大可能。毕竟相爱过，虽然不在一起了。但看着他和别的女生在一起，那画面终究刺眼，就像你不喜欢这个玩具，你宁愿扔在角落，也不愿意送给别的小朋友。聊天记录都删除，眼不见为净，新生活还等待着我，日子总是越来越好。

莉莉安

分开的时候他说虽然不能在一起，但还是可以做朋友，因为还爱他，所以让友情来替我圆谎。但他当着我的面和其他姑娘浓情蜜意的时候，我知道我们的友情走到尽头了，分开了并不可怕，自欺欺人才可怕！

Acrystal

每次分手我就把关于他的一切都删除了，我又不缺朋友，我只缺你！都不在一起了，留着通讯录看见都心烦。

Wenia

分手后还可以做朋友，要么没爱过，要么没爱够，说粗俗点，要么没睡过，要么没睡够。

Lucy

跟前任已经不联系了，分手后不能做朋友。没办法，看见他就还是想牵手拥抱，可人得要点尊严啊，分分合合几年最后留不下任何怀念，要是没有重逢就好了。

Amor

刚分手做朋友有点尴尬，可能过段时间可以，毕竟那是曾经最熟悉你身体、灵魂、习惯的人。做朋友就是一个赤裸裸的人展现在他面前，原本分手时，我是打算做朋友，但是后来朋友圈发了我最喜欢的一家餐厅，他带着现任去吃了，这让我很尴尬，就删除了，聊天记录早就删掉了，断就彻底点儿，毕竟也要有自己的人生要过，就希望每个情深者都能被善待！

葡萄

如果不见我，还可以做朋友。见我，一定因为想约炮。前男友不见，不贱。

黄清香（猫猫）

我觉得分手后不可以做朋友，我不想知道你过得怎么样，你也不需要知道我过得怎么样，我只是希望大家都在自己的生活里过得好！我珍惜的是记忆中的爱情和记忆中的你。

— 3 —
还是朋友，只是朋友

记忆里的记忆

前任？怎么说呢？也是初恋。直到现在，七年都没恋爱。当初我们是在玩具厂认识的，十七八岁，那时真的很喜欢她，又不敢和她主动接触。就站在那里呆呆地看着她，每天都是如此。后来，慢慢地，她接受了我。在租房处的楼顶，我们坐在一起看星星，畅聊理想未来。那时真的以为我们能够一辈子在一起。

有时不得不相信造化弄人，家里打电话让我回家上学。我是热爱读书的，她知道，她就静静地坐在一旁陪我……后来，我就走了。听她那些闺密说她哭得很伤心。虽然她现在有男朋友了，没结婚。断断续续地，我们也联系。彼此问候一下对方，谈谈工作。感情方面，我们都不谈，也不问。错过的，就错过了。朋友为什么不做呢？偶尔，也想过再追一次，又不忍心。

Miranda

他比我大十二岁，我今年二十一，在我不到十八岁时和他在一起。他是会照顾人的沉稳成功大叔，未婚，没有女朋友，不存在"三儿"的情况。在酒吧通过朋友介绍认识的，他叫我大萝莉。在一起纷纷吵吵，他从不说我爱你，所以我也不甘心。后来自己决定重新上学，考了大学，就分开了。

其实分开的主要原因，就是他从未问过我是否融入了新环境，只关心到底能不能结婚。而我的不甘心又开始作祟了，不会二十的人生就这样吧。在一起两年，分开一年多了，2016年冬天他闪婚，前两天女儿出生了，生日和我差了一天。我们依旧是朋友，我是把他当作家人看待的，遇到所有的事情第一个想起的是他。聊天记录没有保存。前两天给他的小魔女送了礼物。我对他的感觉就是很希望是你，但还好最后不是你。最后一句话，**缘深缘浅，遇见就好**。

苗条的八戒

我跟他2010年认识，那时候我还没有毕业，他已经在社会上摸爬滚打好几年了。我们一起吃过路边摊，一起开过冬天没有暖风的汽车，一起住过二十几平方米的房子，我们有过孩子，我们彼此成长，我们一次次错过。他创业的时候我给他资金支持，我离婚的时候他是我的后盾。现在我们是朋友，是家人，是工作伙伴。我祝福他。

安然

去年11月把前任的微信删了，前天他加我微信了。和前任相识于2011年，在一起有过快乐的几个月，然后就是忽冷忽热。2011年年底去厦门出差，他又发神经不理人，为了赌气我睡了个老外，被他知道了，我们分手了。然后有差不多四年没见。2015年9月我们见面了，这些年虽然也和其他男人在一起，但对他的爱一直在。

我们又在一起了，偶尔吃饭、偶尔上床，他的冷暴力又开始了。33岁的我，可以无条件地爱着，但再也不愿被忽视了。回头想想这份感情自始至终，我都像个随叫随到的免费炮友。而今天他在微信上跟我说他一直爱我，只是我不愿意承认。他告诉我他移民了，我们的点滴他会珍藏在心底，我说我会忘记。爱得太卑微，我都心疼自己。

二曦

EX。元旦回家玩儿，朋友的朋友，相处愉快。他人踏实、勤恳、贴心、照顾我、男友力爆棚，就在一起了。两个月时间，我们恨不得每天都腻在一起。但是最终，在我看来是因为他急于要我回答是否跟他结婚的时机不对，我选择分手。

说好分手后的一个星期里，我们还是照常聊天、吃饭、看电影，只是路上不再牵手……我觉得这样不对，把他微信删了。但是删了十天，我又后悔，哭闹求复合。

他说他想早点结婚，给父母生个孙子。而这些我给不了他，我打算一年半以后考博……我做了我想做的有分手仪式感的事儿，然后说了点心里话给他祝福，也为一直以来对他作表示道歉。虽然他说没有谁伤害谁，还是朋友，有事儿他一定帮我，但是我不会跟他做朋友，毕竟他不知道，我找他挽回的时候已经想好放弃考博，当时得罪两个老师要留在家乡，觉得跟他结婚生子也可以很幸福。

而他大概是因为我把他删了，却没删前任出轨男而生气，也许是因为我分手的时候说不能结婚，而和好的时候又说可以结婚，感觉是在逗他，所以不会给我机会了。他之前说好的等我一年半呢？我不知道，这其实伤我蛮重的。

现在分手50天的样子吧，我坚持健身让自己慢慢走出自我否定，听说他准备订婚了，希望这是他想要的生活，遇到的是个相处开心的人。而我也遇到了愿意陪我考博的人，但是完全无法相处，也好，重心重新回到自己身上，女孩子让自己变得更好，笑得更灿烂，生活就会更美好。

嗯，我还是希望嫁给爱情，没有父母压力，没有年龄限制，没有现实条件的差距。希望他真的是生我气才不愿意跟我在一起，不是因为在我身边自卑或是有压力，我希望他以后过得幸福，但不是以朋友身份。对了，最近他突然换了头像，是刚在一起时他给我俩找的情侣头像，我不喜欢那套，直接无视，而他现在用了他那个，希望是因为他的未婚妻用了女孩子那个。

熙熙小恶魔Molly

前任可以做朋友，因为邮寄一个他的证件给他留言，当时地址写的是我这里。我们彼此伤害过，刚开始是约炮认识的，所以信任度不高，没法在一起。

缤纷

两个前任，都活在朋友圈里。初恋爱得太深，也伤得太深，他加我微信后试图联系，我没回复他，不想也不敢，怕自己不能释怀。但是即使如此，也花了我很长时间才适应了经常能看到他发圈的这个事实。另一前任算是我负了他吧，但也是和平分手，十年了，中间聊过不超过五次，大概就是问问现状而已！所以和前任做不做朋友，关键就是自己的心里对过去还有没有介意吧，如果已经彻底放下，做不做朋友都没什么关系。放不下的话我是不愿意去做什么朋友的，相忘于江湖是最好的结局。

那个曾经恨之入骨、一辈子也不想见的他，竟然在分开后的三年里慢慢变成了亲人一样的存在。曾经以为城市那么大，再也不会碰面的他，竟总会在街角或马路边冷不丁碰到。也曾删了他的号码，设置了不看他的朋友圈权限，却总是偷偷从通讯录里进去看他的最近动态。在微信还没像现在这般普及的时候，QQ 上上传了和他的五千多条短信，至今还在。只是不会再点开去回忆了，感谢生命中有你参与陪伴的十年。

陌上初雪

和前任分手三年多了，他对一个算是网友的女生心动。分手之后，断绝了一切联系，一年前他拨通了我的电话，说了些近况，也说了些他和那个女孩之间的矛盾，说了些烦恼。我只是告诉他，珍惜眼前人。后来他又加了我的QQ和微信，我并没有拒绝，只是对他屏蔽了朋友圈，不久之后，他们结婚，也打电话邀请我去，我也只是祝福了他们，当然肯定是不会去婚礼现场啊。现在算是点头之交吧，没什么交集，逢年过节发个群发祝福短信之类的，偶尔也会评论他的朋友圈，也就只是这样了。

明玉

我跟前任关系还好。当时是因为有人插足了我们，我就放弃了他，为此我十分后悔，不过不久插足者也就成了前任。虽然现在我们都已有了各自的归宿，但对于这段感情，我还是感觉很遗憾。我们现在算是朋友，偶尔会在微信上谈谈心，我也会很关注他的生活状态。谈及以前，彼此也只是心照不宣地有些感叹，他也没有说因为之前的事就耿耿于怀，仅此而已。

Tiiiired

跟前任挺好……好到前男友变炮友……总比随便找不熟的人一起要好。虽然如此，但我们已经回不去了，也不想复合，就这样有需要才见面，单纯多了。

mili粒

我和我前任关系很好，每次我有事的时候，他一定会出现帮我、关心我，我们偶尔还是会聊天。从分手那一天开始决心忘记他，一年又一年，八年了，长征走完了，抗战胜利了，新中国成立了，而他的名字却成了我的紧箍咒。

黄花草Seisei

我跟前任简直就是蜜汁关系，我们现在关系很好。舍友和周边的人都觉得很奇怪，为什么我这么喜欢跟这个渣男在一起玩，现在甚至比我们在一起的时候话还多。真的是可以做朋友的（不过中间我单方面难过很长一段时间），现在的关系是利益至上（我们工作有联络，互相分享资源挣钱），所以还是以"钱"为重吧，哈哈哈。现在我们两人都有了各自的新对象，还会像以前做朋友一样相互分享。我觉得这么大度觍着脸做朋友，是因为我俩都很厚脸皮吧！

溪溪溪

和第一任在一起五年，在一起之前彼此就是最好的朋友，彼此无话不谈。不过分手的时候不太愉快，各自受伤。此后各自删除一切联系方式，相互彻底消失，甚至我去了另一座城市。

这样过了三年。三年后，他结婚前和未婚妻一起给我打了一个电话，像亲人一样通报了下近况，我也与之通报感情现状并祝福。

四年后，他酒后给我打了一个电话，并没有诉衷肠而是抱怨生活不如意，也表扬妻子贤惠温柔。此后两年，大概每半年会给我打一次电话，其间没有任何其他的短信交流，来电基本都在大醉心情不好的时候。两人相隔千山万水，他已经有一妻一女，交流就是朋友间的闲聊，抱怨工作、生活（从未抱怨过另一半），其间说的最暧昧一句话也就是：一定请在我挂了后来看看我。分手五年了，从未见过面。

3.麻辣讨论篇之一：枪与玫瑰的抉择

— 1 —

恋爱节奏这事，谁也帮不上忙

说到"吃什么"绝对是在湿冷低温和没底线的空气污染下的一颗还魂丹，能让我瞬间春心荡漾。

如果你要问我，享受一盘好菜，是先闻香味儿，还是先咬一口，我的回答一定是：根据菜色和胃口决定。上错菜了另算！

食欲与情欲，向来是最最让人无法把控的欲望。

有时候，面对好吃的东西，装矜持下手晚了就抢不到；嗯哼，遇到怦然心动的人也一样。难受吧，悔恨吧，想找一万个闺密听你吐槽吧。

节奏这事谁也帮不上忙，四四拍还是四二拍，你们过来感受下。

— 2 —
男人因为性而爱，女人因为爱而性

好好（21岁，女，大连）

记得老早就听过这么一句话"男人因为性而爱，女人因为爱而性"，这说得太对了！大多数男人第一次约会时，想的是如何把坐在对面的女人推上床，而女人想的是这个男人将来会有多爱我。不过这也不完全绝对，个人觉得还是应该循序渐进，嘻嘻，饭还得一口一口吃。

蓉蓉妹子（25岁，女，新加坡）

大部分的女人是听觉型动物，单这点就和视觉型男人有着极大差别。先谈情说爱，让自己身心愉悦了，享受被爱了，才会有可能接受推倒。毕竟，女人的精神洁癖大于男人。她们不比用下半身思考的男人，只有真正爱了才接受身心融合。从我的经历来看，如果女人和一个没感情的男人滚床单，绝对是身心受创、单纯求安慰或者是以报复为目的去了。当然某些特例除外。

白露（21岁，女，武汉）

我跟现在的男朋友第一次见面就做爱了，可以说是炮友终成眷属，本以为他会因为过早地上床而很快厌倦我，没想到他反而越来越爱我了。现在性成了我们之间的调节剂，每次有争执的时候最后都是在床上和好的，遇到性方面合拍的真的跟遇到soulmate差不多，再说买东西还得验货呢，到时万一深爱上个gay或者性无能当不惨了，当然女孩们还是应该谨慎地保护自己。

尼古拉斯（23岁，女，北京）

如果选择先性后爱的话，你能不能确定爱的是你的身体，还是你的人？恐怕爱的还是你的床上功夫吧。听上去真是好笑，通过性爱上一个人，我就不信，那短短的一夜脱衣、上床、XXOO、拍屁股走人可以给彼此一个深入了解的机会。如果要了解对方为什么不在上床前，而要在上床后？通过性可以爱上一个人，通过性也迟早可以抛弃一个人（审美疲劳），谁知道你今晚抱着他，明晚会不会又抱着另外一个呢？

杨天真（20岁，女，天津）

刚刚拿这个话题问了我的男朋友，他义正词严地说，对我是先有爱才有性的。我基本上相信吧……可是突然意外地发现，性对我的感情影响并不大，啊！我是不是怪胎？

爱笑的云朵（29岁，女，武汉）

在对待感情这件事上，男人和女人都有征服欲和占有欲。男人的表现方式是，征服和占有尽可能多的；女人的表现方式是，征服和占有尽可能强的。这是天性，所以在爱与性的先后选择上，男女很容易出现明显的差异。

玻璃麦田（24岁，女，上海）

女人通常先爱后性，而男人喜欢先性后爱。产生差距的原因让我想起这样一句话：女人，得之我性，失之我命；男人，得之我操，失之我操……

TOTORO（25岁，女，青岛）

如果彼此是真感情且不去估量这份感情能坚持多久和有多纯粹，无论男女，都会想要性吧？如果彼此开始不是在真感情的基础上，那是否发生关系就是自己个人的行为了。

其实这事单纯地从男女性别上区分，似乎太笼统了。人的思想太飘忽，弄懂自己想什么就很难了，何况还去研究对方心理？这一秒爱又怎样，下一秒可能就不爱了，so，能享受就享受吧。

— 3 —
采访后记

不管怎么说吧，爱与性都是两个人之间的一种沟通方式。

简单地说，一种是穿着衣服沟通，一种是不穿衣服沟通。（你有考虑过衣服的感受吗？）

复杂地说，这里面又牵扯了心理学、社会行为学、人类学等诸多科学研究（你让科学家怎么看你）……

只要爱情里，你开心就好。

如果不小心有20世纪60年代穿越过来的盆友，想深入交流婚前性行为是否正确的话题，请出门右转不送。

4.麻辣讨论篇之二：结婚对象和恋爱对象

— 1 —

结婚？恋爱？

没经历过深夜眼泪鼻涕把枕头增重两公斤的人，没资格谈真爱。同理可证，没忍耐过一万次想把对方虐杀冲动的人，没资格谈婚姻。

起初那热恋中的你，和他坐在车子里，守着全景天窗讲情话、晒星光。可是"时光匆匆匆匆流走，也也也不回头"，直到有一天你们在下班的红灯间隙，为了吃煮鸡蛋全熟还是溏心争论不休的时候，真是不得不怀疑，当初那个晒星星的夜里，是不是有陨石掉下来把当时的他砸蒙了？

别说什么地老天荒，看星星需要硬肩膀和软嘴唇就够了；找个长期看天花板的，想想你能不能忍受该硬的地方总会变软……

— 2 —
恋爱对象，看着顺眼；结婚对象，看着像冤家

@卖梦的心（28岁，女，天津）

在我看来，结婚对象就是一起过踏踏实实的烟火日子，而不是漫天飞着不切实际的想法。当然，如果两个人能把不着边的想法变成现实，那也是过日子的一种形式。

这需要两个人的成熟。而真正能把梦幻和现实结合起来，经营一段有品质的婚姻，其实是需要晚婚的。比如30岁左右？

网友精彩回复：问题是有太多把结婚当归宿和依靠，争先恐后要把自己嫁出去的姑娘啊。

@tears（23岁，女，杭州）

恋爱对象的话，我希望是受万人瞩目的男神，可以满足我小小的虚荣心和外貌协会需求，其他的都可以不考虑。而结婚对象就得爱我，对我好，宠着我，还一定要有好的工作及家庭背景。

网友精彩回复：估计这只是理智上的想法。男神真求婚，估计你也嫁吧，亲。

@摩丝（29岁，女，上海）

这个问题在我看来是一个问题。不会谈恋爱的结婚对象拿来做摆设吗？而恋爱对象就不需要品质保证，只是浪漫就足够了吗？

中国人的思维习惯将二者分开，先预设婚姻是坟墓，然后再找个外在条件好，同时像上了保险一样的"结婚型"人格结婚，最终厌弃婚姻的可能性越来越大，恶性循环。不能说我的恋爱对象都要结

婚，但结婚对象一定是轰轰烈烈经得起恋爱考验的。

备注：说这话的我不是"剩女"，我已婚有子，很幸福。

@慧慧（25岁，女，北京）

恋爱要浪漫要激情，所以那个男人可以没有钱，但是不能没情趣。但是结婚就不一样，一切建立在现实中，所以要有房有车、家境良好等等。这是家人朋友一直告诉我的道理，我也不知道是不是正确，现在不想结婚，先谈谈恋爱再说吧。

网友精彩回复：亲，父母皆祸害是真的。

@彤姑娘（24岁，女，北京）

找恋爱对象是有心动感觉，激情澎湃，好像有用不完的精力似的。而结婚对象是踏实、沉稳、责任感要强。要不以后在一起生活会很吃力，当然前提是也要很喜欢、很爱。

网友精彩回复：一直激情澎湃也很吃力的，你的要求不低，祝你幸福喔。

@大蒜太太（29岁，女，北京）

过来人真心表示：恋爱对象，怎么看怎么顺眼；结婚对象，怎么看怎么像冤家。

网友精彩回复：真理帝。

@萌教主（26岁，女，西安）

若是被认为"只适合谈恋爱，结婚不行"的话，说明此人适合当玩伴，不适合过日子。

反之，若被认为"这人只适合老公/老婆"，则说明此人在一定程度上缺乏情趣。我就是那种在不同人面前，释放不同角色的人，一切视我是否想要和他结婚。

网友精彩回复：哈哈哈，请躺枪。

@徐六六（24岁，女，上海）

至少我现在谈恋爱主要是看感觉的，感觉一刻都不想离开他！如果是找老公的话，就要让人充满安全感，而且什么功能都有，我想用的时候就拿出来用一下，比如停车、刷卡、做家务，当然还有XXOO……长相什么的没太大关系，好用很重要！

网友精彩回复：男人们听见了吗？最重要的还是好用。

要知道，爱情从不怕从十八楼掉到负一楼，它只是惧怕平凡无奇的柴米油盐。距离产生美，时间见证爱，但最后距离有了美没了，七年到了心痒了。

没人会拒绝相拥一起看午夜场的电影，然后趁着晨光睡到被子飞到床铺下口水梦话满天飞。可别以为天天同床共枕就是亲密无间，世上最遥远的距离可能是你晚上11点说晚安，而我却才刚下班。

如果三生有幸，遇到那个不管看电影，还是看白眼都贱兮兮的感觉心花怒放的人，你一定要告诉他：给我你的电话号码。

— 3 —

采访后记

在他们眼里，这可能是一个上床比牵手更轻易的年代，大概你看见那男人最勇敢的样子就是他热血沸腾地拆Bra的姿态了。那劲头真不亚于4岁那年他拆自己家的电视机。

他说他期待一份真爱，可是他好像从来都不回应你的爱；他说他希望有人等他回家，可又不愿只有一个家；他说他孤独无助时希望有人陪伴，可他从不和你约定下次再见的时间；他说他想找个女朋友，可他不会在朋友面前牵你的手。

好吧，宝贝儿，他恐怕是患了"承诺恐惧症"。

5.麻辣讨论篇之三：嫁给男神，你敢不敢？

— 1 —
嫁给男神的SWOT分析

每个女人的衣柜里可能都有一件攒钱咬牙买下的华丽小礼服。我猜你真给她一个低调奢华有内涵的舞会，她又会觉得自己身材不好啊，款式太夸张，最后把自己搞成一个彻底的屌货。

同理可证，谁的心里没住着一个放得进去、拿不出手的男神？据我有限的临床经验显示，一个好"姑凉"不仅容易变"碧池"，也很容易变废物，尤其是在男神面前，废物程度与男神质量成正相关。

毕竟要承担一身文艺打扮、依偎在男神身边的照片曝光之外，还要顶住被众人深挖祖坟三尺、揭发从幼儿园到如今的种种成长丑闻的压力。没有心理跆拳道黑带十段以上的百炼成钢，一般人早就挖个坑爬进去自生自灭了。具体请参考力宏家的李姑娘。

我们先来做一个嫁给男神的SWOT分析，科学家告诉我们，万事要客观。（以中等水准姑娘作为评价标准。）

普通姑娘优势：聪明独立，外能买菜杀价，内能洗衣淘宝。

普通姑娘劣势：非各类二代，无出身名门的优越，也无名校毕业的光环，相貌身材杀伤力略低。

机会：男神百花尝遍，看透繁华，期待过平凡的烟火日子。（做梦吧你！）

威胁：苍蝇不叮无缝的蛋。男神的身边不光"苍蝇"多，恐龙老鹰也时不时地都过来掺和一把。

分析到这里，自己感受下。

接下来该怎么办，我知道你们想说——看！感！觉！

— 2 —
男神也是人，别被骗了身

芬芳（23岁，女，杭州）

自己的男神标准在心底有个比较清晰的框框，只要符合这个框框就是我的男神了。他必然优秀得令许多女生垂涎三尺，要充满底气地展现在自己男神面前，又要让他注意到你，首先要全面提升自己。自己现在就在内外兼修，以便在未来遇见那个心仪的人时自己能够有资本和资格站在他的身边。也只有那个时候我才敢嫁给男神。试想有几个女生真的不想嫁给男神呢？

网友精彩回复：不想和不敢其实是有很大差距的。

11（25岁，女，北京）

绝对不能嫁给男神，男神只是你心里的幻影，他的毛病和缺陷你还不知道而已，更何况在男神面前无法做真实的自己，上厕所、吃饭、睡觉都怕自己爆出丑陋一面，活得太累。若是发现男神丑陋一面，那更叫一个痛苦，内心呐喊：不应该是这样的！但事实就是那样的，曾经被你迷得五迷三道的男神也会上厕所、打嗝放屁，想象幻灭是很难过的，连抚慰心灵的东西都没有了。男神还是留着观赏和幻想比较好。

网友精彩回复：人艰不拆啊，姑娘。

乖乖（26岁，女，长沙）

我喜欢了他四年，他就是我的全部信仰。因为他我放弃了一本到了现在的普通二本学校。从来没想过会来南方上大学的我竟然选择了湖南，只因为他在这里。我总是追着他跑，不知疲倦，努力地让自己变得优秀，想追上他的脚步。他要考研我就努力跨专业，他学新闻我就努力自学……默默做了这么多的结果就是，他告诉我他要出国了，他追随她的脚步了。自始至终，我都没有表白，可是却因为他的这一句话瞬间清醒，于是旷课去了武汉，对我的青春和我的男神做了告别。青春有你很值得，在最美好的年纪能遇见你，我觉得很幸运，只是我不会再回头看了。再见，我的男神；你好，我的好朋友。

网友精彩回复：放手也是一种温柔。

兔子（26岁，女，上海）

问我敢不敢？必须敢啊，我的男神就是自家男朋友啊，虽然不多金，但绝对是帅气，绝对能赚，好脾气，虽然嘴欠，但行动上温柔体贴，魅力十足。他也是我第一个喜欢的男人，神一般的存在。他若娶，我必嫁。

网友精彩回复：这个，这个，好吧，也算男神啦。

鸡发发（25岁，女，成都）

说实话，我的男神要是突然和我结婚，还真不敢嫁。因为这么长时间，他在我的想象里已经无限趋近于完美了，是一个没有瑕疵的理想伴侣，这种人现实里是不存在的，如果真的存在，我觉得我也完全驾驭不了。想象一下，我和男神约会去吃羊蝎子，他优雅得体地吃着肉，我在一边张牙舞爪地啃骨头，哎，根本不会是电视剧里的男才女貌。

网友精彩回复：男神也是人，全世界也没有几个，别被装逼骗了身。

— 3 —
采访后记

俗话说，没有那个E罩杯，就别揽这个瓷器活。有多大笼子养多大的鸟，有多大的胸怀泡多帅的男人。男神虽是一盘看起来色香俱全的菜，合不合你的胃还得尝尝他的味儿。

男神尚未婚娶，你我仍需努力。床上床下齐拼搏，迈进围城同欢喜。

6.麻辣讨论篇之四：和男人的最佳暧昧办法

每次提及"暧昧"的话题，真是让人忍不住感叹中国古人造字的智慧（找不到本句笑点，请自行度娘补习中文知识）。大家都说，得不到，胜春药。想必这就是"暧昧"一词被人类创造以来，之所以绵延流长的核心价值。

玩暧昧的原因大多可归为两类：一类是闲得蛋疼等激情，两人互相觉得对方一般，凑合暧昧一下，排解空虚寂寞；一类是恋爱前的防火墙，各种提醒确认前方危险，于是步调缓慢。

艳阳天（21岁，女，上海）

在我看来，暧昧通常发生于至少两种关系中。一是想了解对方进行下一步发展，然后又不太了解，以此保持一种即黏即断的关系。二是只属备胎，不愿丢弃。判断好自己位置或者对其态度，再决定是否要陷入其中。

雅痞（25岁，男，北京）

作为一个纯爷们儿，看到这里有种无辜躺枪的感觉。攻略？暧昧这种事很简单的，谁先认真谁就输了……

口香糖（30岁，女，青岛）

最简单的暧昧方法，就是无论他向你表白几次，都要回应一种不是拒绝也不是接受的微笑。

小玉（23岁，女，冰岛）

暧昧其实就是一层没捅破的窗户纸。结局可能是一拍两散，也可能在一起，这种复杂的感情在外看来安全，保鲜度极高。因为不需要负责任，所以大多数男人还是跃跃欲试。狗血的是，因为还是有感情，所以一旦分道扬镳，伤人伤己不亚于一段生死恋。暧昧只要一段就好，经历过就明白，什么都不如死心塌地轰轰烈烈爱一场。

真真（20岁，女，北京）

我曾经最多的一次和15个男人保持暧昧，但是最后这15个人中任何一个都没有成为我的男朋友。唉，这种感觉就好像有一桌子不同口味的盖饭，本来是想选一个当主食，结果每一个尝一口就彻底饱了。

懂了（19岁，女，上海）

有次和一个男生看完电影出来，他轻轻地搂了我的腰三秒钟就松开了，然后大家都当作若无其事，其实那三秒我屏住了呼吸。那是遇到的最暧昧的一次感觉，后来也没有故事了，就让那感觉在记忆里美妙起来吧。

顾小白（29岁，女，四川）

我和男人玩过暧昧之后，好像就没有以前那么单纯了。所谓的暧昧，也只是言语上。毕竟不会像当初，一个男生对你说了句甜言蜜语，你就小激动飘飘然，而现在只是淡定地回他一句。暧昧也要适度，不可太过。暧昧需谨慎，若是不懂得放下的"菇凉"，玩暧昧可会深陷下去的吧，到头来心动了，吃亏了，不舍了，难受了。

小池（27岁，男，天津）

请问暧昧和炮友有什么区别？了不起就是有实无名的关系呗。

迈一步易受伤，退一步怕失去。论世间情为何物，直教人暧昧先行。如果暧昧就是白娘子为许仙准备的那一把伞，是放是收，开关当然在自己手里，总不能让小青去咨询法海吧！

感谢对我口述亲身经历的这些中国新女性，你们柔软、纯粹，勇敢又敞亮，在痛与爱中留下时代剪影。

感谢在本次情感实录部分文章中参与协助整理的编者，他们是：妖刀、云在、曾小亮、陆癸、小雪。